天使
炭酸しか
飲まない
Tenshi wa tansan shika nomanai
丸深まろやか
イラスト Nagu
Illustrated by Nagu
Presented by Maruyaka Maromi

三輪玲児
Reiji Miwa
明石伊緒
Io Akashi

日浦亜貴
Aki Hiura
柚月 湊
Minato Yuzuki
藤宮詩帆
Shiho Fujimiya

「べ、べつに、触らなくてもいいんじゃない……？」
「『気づいてないけど好き』なんて、恋のあるあるだろ」

「まさか、三輪も
そのちょろい男子の
ひとりなのかー？」
「いやー。
俺、頭いい女の子は
タイプじゃないし」
「好きなの？
湊のこと」

俺と湊の手は、
いつの間にか指を絡ませて結ばれていた。
どっちの方からそうしたのかは、
もうわからなかった。
湊は濡れた頬を、
もう片方の腕の裾で拭った。
「でも……
わからないでしょ？
そんなの」

Contents

Design=arcoinc

天使は炭酸しか飲まない

丸深まろやか

イラスト Nagu

Tenshi wa tansan shika nomanai

Presented by Maroyaka Marumi

Illustrated by Nagu

明石伊緒
Io Akashi
久世高の天使。
顔に触れた相手の想い人がわかる。

柚月湊
Minato Yuzuki
学内でも有数の美少女。
誰にも言えない「惚れ癖」に悩んでいる。

日浦亜貴
Aki Hiura
男勝りなハイスペック美少女。
ガサツでドライだが、なぜか伊緒とは仲がいい。

藤宮詩帆
Shiho Fujimiya
湊の親友で、穏やかな雰囲気の女の子。
ひそかに男子から人気がある。

三輪玲児
Reiji Miwa
伊緒の友人。
派手な見た目で自由なプレイボーイ。

――プロローグ――

恋《こい》にも、痛み止めがあればいいのに。

自分の恋心《こいごころ》にくらい、正直でいられたらいいのに。
気持ちを伝える勇気が、もっと簡単に持てればいいのに。
あの人が、自分のことを好きだったらいいのに。

恋《こい》に関するそんな思いが、俺には痛いほどわかるから。
俺にしか、できないことがあるから。
だから、自分がなることにしたんだ。
恋《こい》のキューピッドに。

……いや、大袈裟《おおげさ》だな。
早い話が、なんてことない、ただのよくある恋愛《れんあい》相談。
うん、そうなると思ってたんだよ、最初はさ――。

——第一章—— 秘密はバレるところから

　仕事モード、オン。

　変声機オッケー、カメラはオフ。通話品質、良好。

　相談者、牧野《まきの》康介《こうすけ》。二年七組、男。相談期間、四ヶ月。

「さて、そろそろ勝負だな」

　暗い自室のパソコンの前。ゴホン、と喉《のど》を整えてから、マイクに向かってそう言ってやる。

　俺の声は電子音に置《お》き換《か》えられて、性別もわからなくなってるはずだ。これじゃあどれだけ威厳《いげん》を込《こ》めても、マヌケに聞こえてることだろう。

『あ、あのさ……』

　少し間を開けてから、声が返ってくる。向こうはボイチェンなんて必要ないから、当然本人の声。

　おかげでわかるぞ、弱気なのが。やれやれ。

「なんだ」

『や、やっぱり、無理なんじゃないかな……』

「まだ迷ってるのか」

『だって……！　俺なんかが、あの柚月《ゆづき》さんに……』

あーもう、このヘタレめ。

まあ、たしかに気持ちはわかる。痛いほどな。

けどここでやめたら、全部が無駄《むだ》になる。こいつにとっても、本望《ほんもう》じゃないだろう。

「もともと接点ゼロだったのに、今じゃ普通《ふつう》に話す仲になれたんだ。きっと大丈夫《だいじょうぶ》だよ」

『で、でも……』

ターゲットとの関係値の低さ、解決。自信のなさ、未解決。

だが、根本的な性格を変えるのは簡単じゃない。

今だけ。勝負の一日だけでも、勇気が出せればいいんだ。

『それに……柚月《ゆづき》さんは今までも、全部告白断ってるだろ……？　やっぱり彼氏《かれし》か、だれか好きな人がいるんじゃないか……？　もしそうなら、迷惑《めいわく》かも……だし』

停滞《ていたい》の正当化。無自覚な自己防衛。世話の焼けるやつだ。

それじゃダメだってことは、もうお前自身もわかってるだろ。

「柚月《ゆづき》に好きな相手がいたら、お前は諦《あきら》められるのか？」

『そ……それは……』

「諦《あきら》めがつくなら、私がやるべきことはもうないよ。でも、そうじゃないから、頑張《がんば》ってきたんだろ？」

『……でも』

「……」

ダメだな。完全に怖気《おじけ》づいてる。

こうなると力技《ちからわざ》は逆効果、鼓舞《こぶ》しても効果は薄《うす》い。

……やるしかない、か。

「わかった。なら、しばらく時間をくれるか？」

『えっ……。ど、どうするんだよ』

「柚月《ゆづき》に恋人《こいびと》や、好きな相手がいるのか、もしいないなら、どうして誰《だれ》とも付き合わないのか、調べてみるよ」

『ほ、ホントか……！　できるのか？』

おいおい、急に元気になりやがって。現金なやつめ。

「ただ、期待はするなよ。調べてもわからないことはある」

『お、おう、もちろん！　悪いな、そんなことまで……』

「いや、もともといつかは、こうなると思ってたからな。これも仕事だ」

それにこうやって逃《に》げ道《みち》を潰《つぶ》さないと、お前は踏《ふ》ん切《ぎ》りがつかないだろ。とは言わないでおく。

『……なあ』

「ん？」

『やっぱり、正体は教えてくれないのか？　うちの学校の生徒なんだろ？』

牧野《まきの》のそんな言葉に、思わず目が細まる。

べつに悪いことじゃない。気になるのは当然だ。

でも、それはルール違反《いはん》だよ、牧野《まきの》。

「必要があればそうする。が、今はそうじゃない。わかってくれ」

『で、でもさ……！　ここまで助けてもらったら、ちゃんとお礼とか』

「牧野《まきの》」

『おっ……おう』

「告白、うまくいくといいな」

『……ああ』

「じゃあ、もう切るぞ。なにかわかったら、また連絡《れんらく》する」

『うん。……ありがとう、天使』

そこで通話を切り、俺はイヤホンをはずした。牧野《まきの》が退出するのを確認《かくにん》してから、こっちもチャットルームからログアウトする。

「調べてもわからないことはある」と、さっき俺は言った。

でも、今回は違《ちが》う。俺に限って、わからないなんてことはない。

冷えたコーラのグラスに口をつけてから、俺は腕《うで》を組んで目を閉じる。

さて、計画を練るとするか。

◆　◆　◆

久世山《くぜやま》高校には、恋《こい》を導く天使がいる。

俺、明石伊緒《あかしいお》の通う学校にそんな噂《うわさ》が流れてから、もう一年近くが経《た》つ。

その概要《がいよう》はこうだ。

恋《こい》に悩《なや》んでいる人のもとに、ある日突然《とつぜん》、恋《こい》のキューピッドから手紙が届く。

キューピッドには不思議なちからがあって、言うことに従えば、その人の恋《こい》はうまくいく。

呆《あき》れたもんだ。こんな非現実的な話、嘘《うそ》に決まってる。と、そう思うのが自然だろう。

そもそも、こういう都市伝説自体、今どき流行《はや》らない。

ネットと科学の発達で、その手のものはもう、駆逐《くちく》され尽《つ》くしてるんだよ。

怪談《かいだん》とか七不思議とか、超能力とか。そんなのはどれもデタラメで、本気で信じてるやつなんていない。

いわゆる、悪魔《あくま》の証明だ。絶対あり得ない、っていう証明が、できないだけ。「ホントにあったらおもしろいな」って、それくらいに思ってるやつが、多少いるだけ。

だから、天使もいないし手紙も来ない。不思議なちからなんてあるわけない。当たり前だ。


——でも、だったらなんでこんな噂《うわさ》が、一年もしぶとく生き残ってる？


久世《くぜ》高生《こうせい》がみんな、夢みがちなガキだから？

いや、今の高校生はそこまでバカじゃない。

おまけに、久世山《くぜやま》高校は滋賀《しが》県内でもトップの進学校だ。現実的で、大人びた学生が多い。

なら、なぜ？

答えは、いたってシンプルだ。


放課後、生徒たちが部活組と帰宅組に分かれて、バラバラと散っていく。

俺もさっさとカバンを持って、二年八組の教室を出た。

幸か不幸か、誰《だれ》かに呼び止められるほど、友達は多くない。地味で影《かげ》が薄《うす》くても、悪目立ちするほどじゃない。

そしてそんな立ち位置が、俺にはいろいろと都合がいいのだ。

昇降口《しょうこう》にたどり着いて、俺はスマホをいじるフリをしながら、下駄《げた》箱の前でそのときを待った。気分は張《は》り込みの刑事《けいじ》だ。

あとからちらほら帰宅組がやって来て、靴《くつ》を履《は》き替《か》え始める。俺は顔を伏《ふ》せて、視線だけでターゲットを探した。

……いや。

「まあ……見逃《みのが》すわけないか」

その姿を見て、思わず感嘆《かんたん》の息が漏《も》れる。

ターゲット、柚月湊《ゆづきみなと》は美少女だ。それも、めちゃくちゃな。

まるで夜空みたいな、深くて艶《つや》のある黒髪《くろかみ》ストレート。

つららのように鋭《するど》い切長の目にも、ボリュームのあるまつ毛のせいで絶妙《ぜつみょう》な愛嬌《あいきょう》がある。

その目も、スッと高くて小ぶりな鼻も、色のいいピンクの薄《うす》い唇《くちびる》も、文句のつけようがないバランスで配置されている。

また、女子にしてはスラリと背が高めで、俺よりも十センチ低いくらいだろうか。ついでに、身体《からだ》の各所に実にメリハリのある凹凸《おうとつ》を備えている。特に胸部の凸《とつ》。

そして極《きわ》めつけは、その上品そうな佇《たたず》まいだ。

ピンと伸《の》びた背筋。白水晶《しろすいしょう》のような透《す》き通《とお》る肌《はだ》。それに大人っぽい憂《うれ》いを帯びた表情のせいで、普通《ふつう》の制服姿でも、どこかの高貴な令嬢《れいじょう》を思わせる。

ちょっとキモいくらいに褒《ほ》めてしまったが、つまりそれほどに、柚月《ゆづき》の容姿は完成されているのだ。創った神のドヤ顔が目に浮《う》かぶ。

まったく、不公平な創造主め。ありがとうございます。

それにしても、これで成績までトップクラスだっていうんだから、つくづく恐《おそ》れ入《い》る。

ちなみに当然ながら、男子人気も恐《おそ》ろしく高い。『久世高《くぜこう》三大美女』にも名を連ねる、全校生徒公認《こうにん》の美少女だ。

あの『久世高《くぜこう》三大美女』だぞ？　あの。

「……」

柚月《ゆづき》はそのまま俺の方に、正確には、俺のすぐそばにある自分の下駄《げた》箱の方に、スタスタと歩いてくる。

見とれてる場合じゃない。俺には、仕事があるのだ。

肩《かた》がぶつかりそうなほどの距離《きょり》にいる柚月《ゆづき》が、パカリと靴《くつ》を床《ゆか》に置く。履《は》き替《か》えようと身をかがめたその瞬間《しゅんかん》を狙《ねら》って、俺は腕《うで》をだらんと下げた。

俺の手が、低いところにあった柚月《ゆづき》の頰《ほお》に、一瞬《いっしゅん》だけ触《ふ》れる。計画した通りに。

『顔に触《ふ》れた相手の、想《おも》い人がわかる』。

それが久世高《くぜこう》の天使、すなわち、俺のちからだ。

このちからで、俺は相談者の恋《こい》をより確実に、成功に導いている。

なぜ久世《くぜ》高生《こうせい》が、バカげた噂《うわさ》を信じるのか。

それはただ単に、『実際に起こっているから』だ。

どれだけ非現実的でも、天使はたしかに存在する。

だから、噂《うわさ》は消えない。簡単な話だ。


左手の甲《こう》に、柔《やわ》らかい感触《かんしょく》がくる。意味不明なくらいスベスベだ。セクハラではない。発動条件だからやむを得ないのだ。ホントだぞ。

もし柚月《ゆづき》に好きな人がいるなら、俺の脳裏《のうり》にはその相手の顔が、フラッシュバックするみたいに浮《う》かぶ。

疲《つか》れたり、痛かったりもしない。ただちょっと、クラッとするだけ。もうすっかり慣れた、いつものパターンだ。

さあ、なにが出る？


「……うげっ⁉」

ひどい、目眩《めまい》がした。

重力がひっくり返って、またすぐ元に戻《もど》されたみたいだった。

同時に、俺の頭を情報の激流が襲《おそ》った。

いつもは一枚のはずの画像が、何枚も何枚も、クライマックスの花火のように浮《う》かんで、消えていく。

見覚えのある顔、知らない顔。合わせて二十人……いや、もっとだ。

なんだこれ。おい、なんだよこれ……っ！

「おえっ……」

受け取るつもりだった量の何倍もの荷物を、無理やり投げつけられたような感覚。

頭と身体《からだ》が一緒《いっしょ》に揺《ゆ》れて、吐《は》き気《け》がする。

待て、落ち着け。立て直せ。

完全に、計画が狂《くる》った。予定じゃ手が当たったことをサラッと謝って、それで終わり。なんの違和感《いわかん》もない、日常のちょっとした事故。

そのはずだったのに……。

フラつく身体《からだ》を気合いで支えながら、俺は状況《じょうきょう》を整理しようと、無理やり思考を巡《めぐ》らせる。

だが、今はそんな余裕《よゆう》すらないということに、すぐに気づかされた。

「な……なに？」

すぐそばで、柚月湊《ゆづきみなと》の不審《ふしん》そうな声がした。急に悲鳴を上げてよろけたんだから、当然の反応だ。

気になることはある。でも今、柚月《ゆづき》に変に興味を持たれるのはまずい……!

ごまかさないと。

とりあえず、逃《に》げないと。

「あ……えっと、急に腹痛が……あはは」

言いながら、ちらりと柚月《ゆづき》の顔を覗《のぞ》き見る。

呆《あき》れ顔《がお》、困り顔、怪訝《けげん》な顔、どれでもよかった。けれど——

「……えっ」

柚月《ゆづき》はどういうわけか、ハッとしたように目を見開いていた。まるで、なくしていたものが意外なところから出てきたみたいな、驚《おどろ》きと安心の混ざった表情だった。

なんで、そんな顔になる……?

だが浮《う》かんだ疑問も、今考えることじゃない。

俺は靴《くつ》に足を突《つ》っ込んで、急いで昇降口《しょうこうぐち》を出た。そのまま駅まで走って、ちょうど来た京《けい》阪《はん》電車に駆《か》け込む。

ほかの乗客に変な目で見られながら、俺はミスに気がついていた。

「……腹痛なら、校舎に戻《もど》るのが普通《ふつう》だろ、あほ」

結局、頭は全然働いてなかったらしい。

「……はぁ」

なにが、どうなってるのやら……。

俺は今起きたことを思い返しながら、まだ少しクラクラする頭を、自分で撫《な》でた。

◆　◆　◆

次の日の授業は、いつにも増して頭に入らなかった。

日本史教師のお経《きょう》みたいな声を聞きながら、俺は考える。

疑問は、ふたつあった。

ひとつはもちろん、見えた人数が多すぎる、ということ。

「……」

普通《ふつう》、好きな人なんていうのは、ひとりだ。

同時に複数の相手を好きになってる人間も、いるにはいる。それでも、ふたりとか三人とか、あくまでその程度。

それが、二十人……正確にはもっとか。人の恋愛《れんあい》感情に文句を言うつもりはないが、多すぎだろ、さすがに……。

いや、わかってる。まず疑うべきは、俺のちからの方だ。

このちからが、なにかバグを起こして、こんなことになった。そういう可能性はないか。

たとえばそう、風邪《かぜ》を引いて鼻が利《き》かなくなるみたいに。

「……いや」

残念ながら、そんなことは生まれてから一度もなかったし、原因に心当たりもない。

なにより、さっきクラスの男子で試《ため》したときは、いつも通りだった。

つまり、ちからはちゃんと作用していた。そう考えるのが妥当《だとう》だろう。

「……でもなぁ」

一昨日の牧野《まきの》との会話でもあった通り、柚月《ゆづき》は男子からの告白を、今まで全て断っている。

むしろそのガードの堅《かた》さが、柚月《ゆづき》の人気を倍増させているといってもいい。

そんな柚月《ゆづき》に、好きな相手があんなに大勢いるなんて……。

しかも余計に不思議なのは、そのメンツだ。

正直、あのとき見えた顔はほとんど覚えてない。不意打ちだったし、余裕《よゆう》もなかったからだ。

だがひとりだけ、間違《まちが》いなくいたのは、五組の松本《まつもと》だ。

そしてその松本《まつもと》は、少し前に柚月《ゆづき》に告白して、撃沈《げきちん》している。

要するに、柚月《ゆづき》は両想いなのに、松本《まつもと》をフった、ということになる。

もちろん、フったあとに柚月《ゆづき》が松本《まつもと》を好きになったって可能性もあるが……どうもしっくりこない。

「うーん……謎《なぞ》だ」

これがいわゆる、ミステリアスってやつか。さすが美女。いや、違《ちが》うか。

唯一《ゆいいつ》の救いは、この謎《なぞ》が本質的に、俺には関係がないってことだ。

ただの個人的な、柚月《ゆづき》の恋愛《れんあい》スタイル。俺が口を挟《はさ》むことじゃない。

問題は、この事実をどういうふうに、牧野《まきの》に伝えるか。そこだ。

……だが。

「じゃ、今日はここまで。日直、号令」

教師の言葉と同時に、終業のチャイムが鳴った。起立と礼が済み、放課後になる。

思考を続けながら、俺はそそくさと教室を出た。

疑問は、もうひとつある。

それは、昨日の柚月《ゆづき》の、あの表情だ。

「……」

混乱とも困惑《こんわく》とも違《ちが》う、どこか興奮したような顔。

そんな顔も美人だったとか、そういうことは置いておくとしても。

……あのとき、柚月《ゆづき》はなんで、あんな顔をしたんだろうか。

「明石《あかし》伊緒《いお》くん」

校門を出たところで、不意に名前を呼ばれた。

透《す》き通《とお》った、それでいて凛《りん》とした、弦楽器《げんがっき》みたいな声だった。

目の前に、柚月湊《ゆづきみなと》が立っていた。


「やっと見つけたわ、久世高《くぜこう》の天使」

「いや……なんのことだ？」


返事は、すぐに出ていた。

意表を突《つ》かれたのは間違《まちが》いない。

でもこんな展開は、もう何度もイメトレしてある。正体を隠《かく》してる以上、いつでも反射的に、自然に、否定できるように。

疑われた理由も、声をかけられた訳も、わからない。なにからなにまで、昨日からわからないことだらけだ。いい加減いやになる。

でも今は、この場を何事もなく、乗り切るのが先決だ。

冷静に対処しろよ、俺。

「変な絡《から》み方はやめてくれ。じゃあ、俺は用があるから」

「顔に触《さわ》ると、なにかわかるの？」

「…………」

今度は完全に、言葉に詰《つ》まった。

さらば、冷静な俺。顔が引きつりまくってるのが、自分でもわかる。

「な……なにを、バカな――」

「好きな人」

「っ……！」

背中にじんわり、冷《ひ》や汗《あせ》が滲《にじ》んだ。

「わかるのは、触《さわ》った相手の、好きな人？」

「……」

もう、勘弁《かんべん》してくれよ……。

「話があるんだけど」

狙《ねら》い澄《す》ましたように、柚月《ゆづき》が言い放つ。

俺はとうとう観念して、早足で歩く柚月《ゆづき》のあとを、黙《だま》って追いかけた。

久世《くぜ》高《こう》から東に少し歩くと、広い公園にたどり着く。

城跡《しろあと》を整備したこの公園は、通路に沿った桜並木で薄紅色《うすべにいろ》に彩《いろど》られていた。

大型の遊具があるスペースを、柚月《ゆづき》とふたりで通り過ぎる。そうして突《つ》き当《あ》たったのは、日本最大の水溜《みずたま》り、琵琶湖《びわこ》だ。

俺たちは湖畔《こはん》の草はらまで歩き、ちょうどいい岩に座って向かい合った。

遊んでいたちびっ子や、ベンチにいる老夫婦《ろうふうふ》が、ちらりとこっちを見るのがわかる。

「ここで話すのか……？　目立ってるぞ、普通《ふつう》に」

それに、なんだかおかしな光景だ。

ただ、夕方の空と湖を背にした柚月《ゆづき》の姿だけは、驚《おどろ》くほど綺麗《きれい》だった。

「大事なのは、会話を聞かれないことだもの。ここなら波の音で、周りに声が届きにくいわ」

「……なるほど」

たしかに、それには俺も全面的に同意だ。

たとえ見られたって、また誰《だれ》かが柚月《ゆづき》に告白してフラれてた、みたいな噂《うわさ》が立つだけだろう。

それくらいどうってことない。

「……でも、もし変な噂《うわさ》になったら、そのときは私がちゃんと否定する。それでどう？」

「え……まあ、わかった」

「ありがとう」

べつにその必要すらないが、ここは素直《すなお》に頷《うなず》いておこう。

なにせ、今の俺は立場が弱い。それはもう弱い。

しかし、なんだが思ってた空気とずいぶん違《ちが》うな……。もっとこう、裁判みたいなことをされるのかと。

「ついてきたってことは、認めたと思っていいの？」

思いのほか緊張《きんちょう》した口ぶりと表情で、柚月《ゆづき》が言った。

どうやら、さっそく本題らしい。

そういえば、柚月《ゆづき》と直接話すのは初めてだ。淡々《たんたん》と落ち着いていて、理知的な雰囲気《ふんいき》がある。

さすが、学年トップクラスの才女。これで美人なんだから、以下略。

「べつに、そういうわけじゃない。お前の話を聞いて、ちゃんと誤解を解こうと思っただけだよ」

半分嘘《うそ》で、半分は本当だった。

俺を天使だと疑って、あろうことかちからのことにまで言及《げんきゅう》してきた、そのわけ。それをしっかり、否定しなきゃならない。このまま野放しにはできないからな。

ただ、状況《じょうきょう》は明らかに不利だ。弱みを握《にぎ》られてるといってもいい。

そのわりに柚月《ゆづき》の態度が控《ひか》えめなのは……まぁ、不思議ではあるけれど。

「去年の、十月」

柚月《ゆづき》がぽつりと言った。

どうやら、恐怖《きょうふ》の謎解《なぞと》きが始まるようだ。いや、マジで怖《こわ》すぎる……。

「卓球部《たっきゅうぶ》の長尾《ながお》くんが、山吹《やまぶき》さんに告白して、フラれた。覚えてる？」

その言葉で、当時の記憶《きおく》が蘇《よみがえ》る。

ああ、覚えてるとも。それは天使の、つまり俺のせいだったんだから。

「長尾《ながお》くんは、お世辞にも派手っていえる子じゃない。オシャレで、男の子から人気もあるあの山吹《やまぶき》さんとは、釣《つ》り合《あ》わない。フラれて当然。身《み》の程《ほど》知《し》らず。それが、噂《うわさ》を聞いた多くの人の感想だった。そうよね」

「……だな」

そう、その通りだ。

でも、長尾《ながお》は頑張《がんば》った。俺の言葉を信じて、勇気を出して気持ちを伝えた。フラれたなんてのは、ただの結果にすぎない。

だが、なんで今、その話が出る？

「『天使に頼《たの》めばよかったのに』。冗談《じょうだん》半分に、そんなことを言う人もいたわ。そうすればうまくいったかもしれないのに、無謀《むぼう》なやつ、って。だけど、私は思った」

「……」

「長尾《ながお》くんは、天使に頼んだから、こそ、告白できたんじゃないか、って」

その言葉に、全身がスッと冷たくなった。

反論しようにも、なにも言葉が出なかった。

「私はそれから、しばらく長尾《ながお》くんの周りに気を配った。なにか変わったことはないか。もっといえば、天使と接触《せっしょく》してる様子はないか。それを確かめるために」

心臓をわし掴《づか》みにされたような息苦しさに、思わず顔が歪《ゆが》む。

ミステリーとかの犯人は、きっとこういう気持ちなんだろうな……。

けれど、柚月《ゆづき》はなぜか緊張《きんちょう》したような面持《おもも》ちで、湖風になびく髪《かみ》を手で一度すいた。その表情は、とても犯人を追《お》い詰《つ》めた探偵《たんてい》のそれには見えない。

「その日、長尾《ながお》くんはある男の子と廊下《ろうか》ですれ違《ちが》った。彼とクラスも違《ちが》えば、関わりも一切《いっさい》なさそうなその子は、長尾《ながお》くんの背中をポンと叩《たた》いた。まるで慰《なぐさ》めるみたいに。それが——」

それが、俺だ。

長尾《ながお》は俺、久世《くぜ》高《こう》の天使が素顔《すがお》を晒《さら》した、数少ない相手のひとりだった。相談を受ける中で、どうしてもその必要が出たからだ。

気を抜《ぬ》きすぎた……のだろうか？

いや、そもそも怪《あや》しまれてさえなければ、あんなのはどう見ても、地味な男子同士のただのじゃれあいだ。

それに、必死に頑張《がんば》ったあいつを、俺は労《ねぎら》わずにはいられなかった。

だが俺のその行為が、天使を探してた柚月《ゆづき》の目に止まってしまった。

「私はあなたに監視《かんし》先を移した。ほかにも候補はいたけど、最有力はあなただった。そして、誰《だれ》かが誰《だれ》かに告白したっていう噂《うわさ》を集めて、あなたの行動と照らし合わせた。この半年間」

「半年……」

柚月《ゆづき》の話は、思ってた何倍も周到《しゅうとう》だった。

単なる思いつきとか、そういう次元じゃない。たっぷり時間と労力をかけて、俺を疑ってたんだ。

地面の草を睨《にら》む俺の頭に向かって、柚月《ゆづき》は続けた。

「そうしてるうちに、あなたにはある行為《こうい》が、特別多いことがわかった。それが、他人の顔に触《さわ》ること。しかもほとんどが、告白の噂《うわさ》に関わった人たちの、ね」

……おいおい、それはさすがに無理だろ。

正気か？　この美少女は……。

「偶然《ぐうぜん》手がぶつかることもあれば、イヤホンを貸してあげたり、髪《かみ》についたゴミを取るフリをしたり。気のせいかとも思ったけど、やっぱり明らかに多かったわ」

俺のとっておきのテクまでお見通しとは……。どんだけ目敏《めざと》いんだよ、こいつ。

特に、ゴミを取るフリはおすすめだ。やりすぎるとあれだが、初回はほぼ怪《あや》しまれない。

「もし噂《うわさ》が、本当に全部事実なら、久世《くぜ》高《こう》の天使には、不思議なちからがあることになる。もちろん、普通《ふつう》はそんなの、デタラメだと思うわ。私も本気で信じてたわけじゃない」

「……」

「だけど、火のないところに煙《けむり》は立たない。カマをかけてみる価値はある」

「……バカげてる」

「そうね、バカげてる。でもだからこそ、たとえ間違《まちが》ってても、冗談《じょうだん》で済ませられるわ」

淀《よど》みなく、柚月《ゆづき》が言った。

こいつの言い分は、きっと理屈《りくつ》の上では正しいんだろう。

けど、だからって実行するやつがいるか？

そんなの、予測できるわけがない……。

「ただ、顔に触《さわ》ってなにが起こるのかは、さすがに見当もつかなかった。相手になにかを伝えられるのか、相手のことについて、なにかがわかるのか……。これじゃあ、カマをかけるには不充分。でも昨日、あなたは私に触《さわ》った」

天使の正体はともかく、このちからだけはバレない。真相が非現実的だからこそ、絶対に。

そう信じてた。

それが油断だったとは思わない。こんな執念《しゅうねん》とぶっ飛んだオカルト推理を、想定する方がおかしいんだ。

そして柚月《ゆづき》はさっき校門で、「やっと見つけた」と言った。

そもそも、なんでこいつはそこまでして俺、いや、天使のことを……。

そんな俺の疑問に構う間もなく、柚月《ゆづき》の言葉は続いた。

「普段《ふだん》はなんともなさそうなのに、昨日のあなたはすごくうろたえてた。つまり、私はほかの人と、なにかが大きく違《ちが》ったんだと思った」

ああ、違《ちが》ったよ、全然違《ちが》う。

それこそ、うろたえるくらいに。

「私が立てた仮説は、『明石伊緒《あかしいお》は人の顔に触《ふ》れると、その人の好きな相手が、人数までわかる』よ。だって、私が人と違《ちが》うのは、そこだから」

柚月《ゆづき》はふぅっと、重い息を吐《は》いた。眉間《みけん》にシワを寄せて、険しい目で俺を見る。

こいつ、自覚もあったのか……。

だが、それを推理の決め手にされるなんてな……。

正直、完敗だ。こうなったら下手に隠《かく》すより、白状してしまった方がいいだろう。

バレたときのことだって、一応少しは考えてある。最悪なのは変わらないけどな……。

ただ、わからないことがまだ、ひとつ残ってる。

それを確かめるために、俺は言った。

「もしそうだったとして、お前の目的は？」

「もしそうだとするなら、なんとなく予想がつかない？」

おうむ返しのような、柚月《ゆづき》の言葉。

けれどその意味が、俺には実はよくわかった。

柚月《ゆづき》がこの仮説にたどり着けたのは、推理力はもちろんだが、なによりも、天使への異常な執着心《しゅうちゃくしん》があったからだ。

しかも柚月《ゆづき》は、自分に好きな人が何人もいるということを、自覚している。

そんなやつが俺に接触《せっしょく》してきて、「やっと見つけた」なんて言うってことは──

「私の、このひどい惚《ほ》れ癖《ぐせ》を、直してほしいの」

意を決したような表情で、柚月《ゆづき》が言った。そのセリフにも、もはや驚《おどろ》きはない。

つまり、こいつも天使の恋愛《れんあい》相談が目当てだったわけだ。だからこんなに必死になって、天使を探してた。

そう考えれば、今日の柚月《ゆづき》のこの慎重《しんちょう》な態度にも、合点《がてん》がいく。

「……なるほどな。事情は、大体わかったよ」

「そ、それじゃあ……やっぱりあなたが？」

「ああ。それに、お前の仮説も正しい。俺にはおかしなちからがあって、それを使って天使をやってる。ついでに、天使の噂《うわさ》を流したのも俺だよ」

「そ……そう」

柚月《ゆづき》は少なからず、衝撃《しょうげき》を受けているようだった。

まあ無理もない。目の前の相手が、自分は超能力者です、って言ってるんだからな。むしろ、納得《なっとく》するのが早いくらいだ。

こいつの状況《じょうきょう》も、目的もわかった。俺の正体も明かした。

でも、悪いな、柚月湊《ゆづきみなと》。

「天使として答えるよ。その頼《たの》みは、聞けない」

これが、最終結論だ。

「なっ！　ど、どうしてよ……⁉」

柚月《ゆづき》は立ち上がって、焦《あせ》ったように叫《さけ》んだ。

その顔があまりに悲しそうで、思わず決意が揺《ゆ》らぎそうになる。

やめてくれよ、美少女……。これでも、申し訳ないと思ってるんだから。

「踏《ふ》み出《だ》せずにいるやつが、告白できるように助ける。それだけが俺にできることで、俺のやりたいことだ。相談に乗る相手も、俺が決める。お前の力にはなれない」

「……そんな」

「それにそういうことは、赤の他人の俺より、友達に頼《たの》んだ方がいいだろ。悪いけど断るよ」

念を押すつもりで、もう一度そう告げる。

俺は恋愛《れんあい》なんでも屋じゃない。専門外のことに、手を出すつもりはないんだよ。

「……なら」

「……？」

「なら……あなたの秘密をバラすわ。ちからのことも、天使だってことも。それでもいいの？」

「うぐっ……」

痛いところを突《つ》かれて、情けない声が漏《も》れた。せっかくカッコついてたのに……。

どうやら握《にぎ》った弱みは、しっかり交渉《こうしょう》に使うつもりらしい。

意外としたたかなやつめ……。

「……だったらこっちも、お前の好きな相手をバラす。全員な。それがいやなら、頼《たの》むから諦《あきら》めてくれ」

「じゃあ、共倒《ともだお》れね。私はそれでも構わない。あなたが引き受けてくれないなら、本当にそうするわ」

おいおい、なに言ってるかわかってんのか……。

いや、それだけ必死、ってことか……。

俺たちは、しばらく睨《にら》み合《あ》っていた。引き結ばれた柚月《ゆづき》の唇《くちびる》が、かすかに震《ふる》えている。

相手の意志は固い。本気だってことは、目を見ればわかる。

共倒《ともだお》れなんて一番、バカだ。誰《だれ》も得しない。

たしかに合理的な脅《おど》しだよ。勉強ができるやつってのは、みんなこうなのかね。

……でもな、柚月《ゆづき》。

「おーけー。わかった」

「じ、じゃあ……っ！」

「ああ。なんでも好きにバラせばいい。でも、協力はしない」

「……えっ？」

柚月《ゆづき》は信じられないというように、唖然《あぜん》として目を見開いた。俺の返答が、予想したのと真逆だったんだろう。

けど、引き下がれないのはお互《たが》い様なんだよ。

「いい加減な気持ちで、頼《たの》みは引き受けられない。お前が真剣《しんけん》なら、なおさらだよ」

「……だけど、正体がバレたら、困るんじゃないの……？」

「そりゃ困る。めちゃくちゃ困る。天使の噂《うわさ》を定着させるのに、俺がどれだけ苦労したと思ってんだ」

そりゃもう、用心に用心を重ねてだな……。

いや、この話は今はいい。

「でもまあ、そのときはしばらく不登校にでもなるさ。そうすれば、みんな興味なくすだろ。それに学校に行かなくても、天使の仕事は続けられる。今はなんでもオンラインの時代だからな」

チャットルームといいボイチェンといい、文明の利器様様だ。

「……本気で言ってるの？」

「当たり前だろ。秘密を守るために安請《やすう》け合《あ》いなんて、俺にはできない。恋愛《れんあい》の悩《なや》みっていうのは、そんなに軽いもんじゃない。天使として、それだけは絶対に譲《ゆず》れない」

「あなた……」

このこだわりが柚月《ゆづき》に理解されるなんて、思ってない。

けど理解されなくたって、俺の答えは変わらないのだ。

「安心しろ。そっちは好きにすればいいけど、お前の秘密は黙《だま》ってるさ。じゃあ、俺は引きこもりの準備があるから」

「……」

「もう、あんまり脅《おど》しとかするなよ？　効果的だけど、リスクもデカいからな。それから、その……惚れ癖《ほれぐせ》？　直るといいな」

言って、俺はヒョイっと岩から立ち上がった。

吹《ふ》っ切《き》れたせいか、いつの間にか緊張《きんちょう》が解けている。やることが決まると、気が楽でいい。

とりあえず、帰って天使の相談スケジュール、見直さなきゃだな。

「待って……！」

「……ん」

鋭《するど》い声に、反射的に振《ふ》り返《かえ》る。

柚月《ゆづき》は顔を伏《ふ》せて、下ろした両手を固く握《にぎ》っていた。

風で揺《ゆ》れる湖面が夕日を反射して、キラキラと光る。その前に立つ柚月《ゆづき》は本当に綺麗《きれい》で、俺なんかよりもよっぽど、天使みたいに見えた。

やっぱこのあだ名、名前負けしてるよなぁ。

「まだ、なにかあるのか？」

「ごめんなさい……。脅迫《きようはく》みたいなことしたのは謝るわ。そういうつもりじゃなかったの。ただ……どうしても助けて欲しくて」

「……もういいよ、それは」

だから、そんな震《ふる》えた声で言わないでくれよ。

「天使の専門じゃない、っていうのはわかった。あなたの主義に反するってことも、理解したつもり。でも、ほかに頼《たの》める人がいないのよ……」

柚月《ゆづき》はこちらへ歩いてきて、ゆっくり顔を上げた。

涙《なみだ》で滲《にじ》んだ瞳《ひとみ》の奥に、俺の情けない困り顔が見えた。

おいおい、折れるなよ？　久世高《くぜこう》の天使。

「……いや、けどな——」

「ねぇ、見て？」

柚月《ゆづき》が突然《とつぜん》、俺の右手を取った。柔《やわ》らかくて、ひどく冷たい。

柚月《ゆづき》はそのまま、俺の手を自分の顔の高さまで引っ張って、頬《ほお》にピタリとくっつけた。

俺は呆気《あっけ》に取《と》られて、その光景をただ、眺《なが》めていることしかできない。

ちからが、発動する。


「なっ⁉　おい！」

直前で身構えたおかげで、今度はフラつかずに済んだ。

だが俺の頭には、やっぱり昨日見たのと同じ、大量の顔が浮《う》かんでいた。明滅《めいめつ》するように溢《あふ》れて、すぐに消えていく。

「何人見える？　軽蔑《けいべつ》したでしょ？　こんなの、友達には言えない」

歪《ゆが》んだ顔と涙《なみだ》混じりの声で、柚月《ゆづき》が言う。

俺に聞いてるんじゃない。軽蔑《けいべつ》してるのはきっと、こいつ自身なんだ。

同時に複数の相手を好きになるなんてのは、べつに悪いことじゃない。だが、柚月《ゆづき》はその数が多すぎる。

そんな自分が心の底からいやで、だからこそ、柚月《ゆづき》は……。

「絶対に、直したいの。なんでもするわ。だから、お願い」

流れた雫《しずく》が、俺の指に触《ふ》れる。

泣いているのに、柚月《ゆづき》の眼差《まなざ》しは強かった。

「……脅《おど》すなとは言ったけど、涙《なみだ》も充分反則だぞ」

しかも、美少女の涙《なみだ》は……。

「……」

恋愛《れんあい》の悩《なや》みは、軽くない。そう言ったのは、俺か……。

……はぁ。バカな天使だ、まったく。

「……わかったよ」

「ほ、本当……？」

「ああ。特例だからな、マジで」

答えると、柚月《ゆづき》は俺の手を両手で包んだ。

祈《いの》るように顔を伏《ふ》せて、湿《しめ》った息を吐《は》く。

「でも、解決の保証はできないぞ？　専門外だってのは変わらないんだ。それに、そういうのをなんとかした経験もない。わかってるのか？」

「う、うんっ。わかってるわ。わかってる」

「ただ、俺にできることなら、全力で手助けする。それから、さっき『なんでもする』って言ったな？　その言葉、忘れるなよ」

「え、ええ！　もちろん。ありがとう……本当に」

柚月《ゆづき》は嬉《うれ》しそうに、それからひどく安心したように、胸を撫《な》で下《お》ろしていた。

仕方ない。引き受けたからには、やれるだけのことはやるさ。

いっとくが、べつに柚月《ゆづき》が美少女で、「なんでもする」に釣《つ》られたってわけじゃないからな。

まあ、釣《つ》られてないってだけで、ちゃんとなんでもしてもらうけどさ。

「じゃあ、『なんでも』の手始めに、まずは最初の指示だけど」

「えっ……も、もう？」

「自分で言ったんだろ。さっそく約束破るのか？」

「わっ、わかったわよ……。なにすればいいの……？」

頬《ほお》を赤く染めて、不安げに柚月《ゆづき》が言う。おまけに自分の身体《からだ》を抱《だ》くように腕《うで》を交差させ、チラチラとこちらを見ていた。涙《なみだ》で潤《うる》んだ瞳《ひとみ》もあいまって、やたらと色っぽい。

なんなんだその、「覚悟《かくご》はできてます」みたいな顔は。

やめろ、扇情《せんじょう》的なことをするな。男子高校生の理性を逆撫《さかな》でするな。

「あ、でもっ……とりあえずひと気のないところに……。ここじゃ、さすがに……ね？」

「あほ。天使の正体と、俺のちから、口外禁止。以上」

「……あっ。うん……了解《りょうかい》」

やれやれ。先が思いやられるぞ、これは。

第二章　恥ずかしいのはお互い様

「で、俺はどうすればいいいんだ？」

「え？」

え？　じゃねぇだろ……。

翌日の放課後、とあるカフェ『喫茶《きつさ》プルーフ』。向かいの席でポカンと首を傾げる柚月湊《ゆづきみなと》は、呆《あき》れるくらいかわいかった。

だが、そんなことは関係ない。関係ないぞ、俺。

「……お前の方でなにか考えがあって、それに俺のちからが必要なんじゃないのか」

「ち、違《ちが》うわよっ。だって……ホントはどんなことができるかとか、わからなかったし……」

柚月《ゆづき》の声が、徐々《じよじよ》に小さくなる。

どうやら、自分でも無責任だとは思っているらしい。

つまり、当てはゼロか。昨日のいやな予感が、早々に的中したな。

話をする場所として俺がここを選んだのは、この喫茶《きつさ》プルーフの経営者が、俺の従兄弟《いとこ》だからだった。

学校からもほどよく距離《きより》があり、居座《いすわ》るにも、秘密の話をするにも都合がいい。普段《ふだん》の天使の仕事にも、たまに利用させてもらっている。

ただ、時々絡《から》みにくる従兄弟《いとこ》がうっとうしいのが玉《たま》に瑕《きず》だ。

「なら、そもそも俺じゃなくてもよかっただろ、相談相手は」

「そ、そんなことないわ。あなたは普通《ふつう》の人にはできないことができる。それに、天使は相談者の悩《なや》みに、真剣《しんけん》に向き合ってくれる。噂《うわさ》では、そういうことになってたもの」

「それはそうだけど、その噂《うわさ》を流したのだって俺なんだぞ。自演だよ、自演」

「うっ……で、でも！　……もう信じてるわよ、あなたのことは」

「……そうか」

まあ、今さら手を引いたりはしないけどさ。

それに、信じてもらっていやな気はしない。俺のことも、ちからのことも。

「なら、さっそくだけど」

「え、ええ」

緊張《きんちょう》したような面持《おもも》ちで、柚月《ゆづき》が頷《うなず》く。

専門じゃなくても、やるからには本気でやる。妥協《だきょう》はしないし、させないからな。

「まず、俺にできることを説明する」

柚月《ゆづき》がゴクリと息を呑《の》む。対して、俺は手元のサイダーを少し口に含《ふく》んだ。甘みと炭酸の刺《し》激《げき》で、思考がクリアになる。頭を使うときは、やっぱりこれに限るな。

「シンプルだ。ほとんど昨日、柚月《ゆづき》が言ってたことで合ってる。顔に触《さわ》れば、そいつの好きな相手がわかる。複数いる場合は、全員だ」

　カラン、と、グラスの中の氷が鳴る。

「好きってのはまあ、恋愛《れんあい》限定だな。尊敬とか憧《あこが》れとか、親子愛とか友情とかには効かない」

「す、すごいわね……あらためて聞くと」

「そうでもないぞ。そいつの記憶《きおく》にある顔が見えるだけで、それが実際どこの誰《だれ》なのか、名前とか年齢《ねんれい》とか、そういうプロフィールは一切《いっさい》わからないからな。学校っていう限られた空間だからこそ、相手の特定がしやすいだけだよ」

　俺のセリフにも、柚月《ゆづき》は綺麗《きれい》な眉《まゆ》を寄せるだけだった。

　まあ、すごくないってのは言いすぎたな。制限があったって、完全に超能力だし。

　俺にとってはあるのが当たり前だから、感覚が狂《くる》ってたらしい。

「ついでに言うと、もし触《ふ》れた相手が誰《だれ》のことも好きじゃない場合は、なにも起こらない。いませんって教えてくれるわけじゃないのが、ちょっと不便だな」

　と、マイナスポイントを付け加えてみても、やっぱり柚月《ゆづき》は無反応だ。

　触《さわ》るのに失敗したのか、触《さわ》ったけど好きな人がいなかったのか、判別しにくくて困るんだけどな。

「……でもそのちからって、いったいなんなの？　どうして、そんなものがあなたに？」

「それ、話す必要あるか？　できることとできないことがわかれば、お前には充分だろ」

「そ、そう……だけど……」

俺が答えると、柚月《ゆづき》がきまり悪そうに顔を伏《ふ》せた。

どうやら知らないうちに、口調が冷たくなってしまっていたらしい。

「……悪い。楽しい話じゃないんだ。もし必要になったら、そのとき教えるよ」

「う、ううん。私こそ……ごめんなさい」

気まずい……。いや、これは俺のせいだな。

こんなキテレツ超能力、気になって当然だ。むしろ、これだけの詮索《せんさく》でとどめてくれたのがありがたいくらいだろう。

少し目を閉じて、長く息を吐《は》いてから、俺は言った。

「ホントに、悪かったよ。ちからを他人に知られるのに、慣れてないいんだ。答えないことも多いと思うけど、それでもよければなんでも聞いてくれ」

「……そう、わかった。でも、私も気をつけるわ」

柚月《ゆづき》はゆっくりした動きで、何度か頷《うなず》いた。

柚月《ゆづき》は合理的だが、たぶん、他人の視点に立てるやつなんだろう。昨日の琵琶《びわ》湖岸での会話からも、それはなんとなくわかる。

だったら俺も、あんまり気を張るべきじゃない。

相談に乗るなら、まずは信じてもらうこと。そしてそのためには、こっちから相手を信じるのが大切だ。

「とにかく、ちからはこんな感じだ。次は、お前の事情についてだけど」

俺の言葉に、柚月《ゆづき》の肩《かた》がピクッと跳《は》ねた。

表情が硬くなって、ひどく緊張《きんちょう》しているのがわかる。

「……ねえ」

「ん？」

「……引かないでよ？」

伏し目がちに、ほんのり頬《ほお》を赤らめて、柚月《ゆづき》はそう呟《つぶや》いた。

美少女の上目遣《うわめづか》いは暴力的だ、と、話には聞いていた。

けど、これは予想以上に……。

「……引かないよ」

「い、今少し間があったわ！　嘘《うそ》なのね！」

「ち、違《ちが》うって！　そもそも、もう大体わかってるんだから、今さらだろ……」

見とれてて反応が遅《おく》れた、とは言えない。

身体《からだ》を揺《ゆ》らして抗議《こうぎ》する柚月《ゆづき》を無理やりなだめて、俺は逃《に》げるようにまたストローをくわえた。助けてくれ、俺のサイダーちゃん。

「……最初から、なのよ」

ささやくような弱々しい声で、柚月《ゆづき》が言う。

「最初？」

「し、小学校の高学年くらいから、誰《だれ》でも好きな子ができたりするでしょう？　私の惚《ほ》れ癖《ぐせ》は、その頃《ころ》からなの……。初恋《はつこい》も、五人くらいの子をほとんど同時に好きになって……」

「……なるほど。だから最初からか」

「そ、そんなのって普通《ふつう》変でしょ……？　一途《いちず》じゃないし……不誠実だし」

柚月《ゆづき》は恥《は》ずかしそうに、そして後ろめたそうに、肩《かた》を縮こまらせた。

気休めを言うのは簡単だ。が、柚月《ゆづき》はきっと、それを求めてはいない。

どころか、そんなのは今まで、何度も自分に言い聞かせてきたはずだ。「一概《いちがい》に悪いことじゃない」って。

それでも、やっぱり納得《なっとく》できない。自分がいやになる。

そういう気持ちは、理解できているつもりだ。

なにより、それでここまで悩《なや》んで、半年もかけて眉唾《まゆつば》な噂《うわさ》を本気で追いかけるくらいだ。柚《ゆ》月《づき》の苦悩《くのう》は、言葉でやわらぐようなものじゃないんだろう。

「それが、今も続いてるんだな？」

「うん……。それに……悪化してる……かも」

「原因に心当たりは？」

「……ないわ。いろいろ考えたけど、なにもわからなかった」

苦しそうな、悲しそうな声で、柚月《ゆづき》が答える。

そんなときに出会ったのが、天使の噂《うわさ》だったってことだろう。

摑《つか》んだのが藁《わら》か、丸太か。それを決めるのは、俺次第《しだい》、か……。

「なら、今やるべきは、原因の究明だな」

自分と柚月《ゆづき》を発奮しようと、俺はできるだけキッパリ言った。

「え、ええ。そうよね……」

「そしてそのためには、現状の正確な把握《はあく》が必要だ」

問題には必ず、原因がある。解決するには、それを取り除けばいい。

だが原因を見つけるには、まずは問題を正しく詳細《しょうさい》に、把握《はあく》しなきゃならない。

「ってことで、ほら」

「……なに？」

テーブルの上に差し出した俺の左手を見て、柚月《ゆづき》が怪訝《けげん》そうな顔をする。

なに？　じゃないだろ。案外鈍《にぶ》いな、優等生。

「もう一回、触《さわ》らせろ」

「ひっ……！」

柚月《ゆづき》はいつかと同じく、自分の身体《からだ》を抱《だ》くようにして身を引いた。

こいつ……やる気あるのか？

まあ今のセリフ自体は、たしかに多少怪《あや》しかったけども。

「あほ。今お前の好きな相手が何人いて、それがどこの誰《だれ》か、調べるんだよ」

「そ、それならそう言ってよ……！　びっくりするでしょ……！」

「わかったわかった。悪かったよ。じゃあ、ほら」

言って、俺はヒラヒラと手を動かす。タイミングとか諸々《もろもろ》、向こうに委ねる意思表示だ。

さすがに自分から触《さわ》るのは気が引けるからな。俺は常識人なのだ。

「……」

「……なんだよ、早くしろよ」

「べ、べつに、触《さわ》らなくてもいいんじゃない……？　好きな人なら、私が自分で言えばいいんだし……」

柚月《ゆづき》はなんとも甘いことを言っていた。

正確な把握《はあく》が必要だって、聞いてたか？

「お前が全員分、完全に自覚できてるっていう保証は？」

「えっ？」

「『気づいてないけど好き』なんて、恋《こい》のあるあるだろ。恋愛《れんあい》感情は、そんなに単純じゃない」

おかげで天使の仕事も、苦労が多いんだから。

「で、でも……！　一応お店の中だし……」

「大丈夫《だいじょうぶ》だよ。従兄弟《いとこ》もちからのことは知ってるし、このテーブルも、ほかの席から見えにくくしてもらってる。準備は万端《ばんたん》だ」

「……でもぉ」

「『なんでもする』んだろ？」

「うぅ……」

俺のトドメの言葉に、柚月《ゆづき》は俯《うつむ》いて肩《かた》を縮こめた。

こんなこともあろうかと、あの場で言質《げんち》を取っててよかったな。

言い出したのは柚月《ゆづき》本人だから、俺は悪くない。

ところで、柚月《ゆづき》ほどの美少女に頰《ほお》を染められると、なんとも背徳的な気分になるな。

「……変態」

「こら、失礼だぞ。天使に向かって」

「変態天使！」

「変態紳士《しんし》みたいに言うな」

「……なによそれ？」

「あ、なんでもないです」

そういうのは通じないわけね。おっけー、了解《りょうかい》。

柚月《ゆづき》はとうとう観念したのか、胸に手を当ててから、長い息をひとつ吐《は》いた。

そして恐《おそ》る恐《おそ》るという様子で俺の右手を摑《つか》み、自分の顔に引き寄せる。

俺はテーブルに身体《からだ》を乗り出して、ちからの発動に備えた。

美少女の柔肌《やわはだ》に触《ふ》れられるのは役得だが、実のところ、能力が働いてるあいだは手の感覚はほぼない。感触《かんしょく》がわかるのは最初の一瞬《いっしゅん》だけだ。残念極《きわ》まりない。念のためもう一度言うが、俺は変態ではない。

柚月《ゆづき》は俺の手《て》のひらを、そのまま控《ひか》えめに頰《ほお》にくっつけた。

くちびるを尖《とが》らせた横顔が、あまりにも色っぽかった。

「……どう？」

「あ、ああ……問題ない。見えたよ」

「……そう」

まるで、付き合いたてのカップルみたいな空気だ……。

思わず、見たものを全部忘れそうになる。いや、バカか俺は。

「そ、それで、どうするのよ？」

「まあ、待ってな」

俺はカバンからペンケースと、真新しいキャンパスノートを出した。シャーペンを持って、ノートを広げる。

「俺が知ってるやつはそのまま名前、知らないやつは似顔絵を描《か》くから、それでわかったら名前を教えてくれ」

「似顔絵？　描《か》けるの？」

「当たり前だろ」

と言いつつ、べつに当たり前ではない。普通《ふつう》に練習の賜物《たまもの》だ。

なにせ、描《か》けた方がこのちからが活《い》きる。一瞬《いっしゅん》しか顔は見えないうえに、もちろん写真とかも撮《と》れないからな。

記憶《きおく》があるうちに、できるだけ頭の中の情報を紙に落としていく。

名前がわかった十六人はさっさと書き終え、残りの連中の似顔絵に取りかかった。

「……ダメだ、忘れた」

やっぱり、一度で覚え切るには無理があるな。

まあ、忘れたならもう一度、見ればいいだけだ。ちからが相手にバレてると、こういうことができて楽だな。いつもはほぼワンチャンスだし。

俺はまた、左手を柚月《ゆづき》の方に伸《の》ばす。

が、柚月《ゆづき》はいつまで経《た》っても、俺の手を掴《つか》もうとしなかった。それどころか、目を丸くしてキョトンとしている。

「おーい」

「えっ？　なに……？」

「いや、もう一回触《さわ》るんだよ。まだ描《か》けてないのが、何人かいるんだ」

「ええっ⁉」

柚月《ゆづき》はガタッとテーブルを揺《ゆ》らして、大袈裟《おおげさ》に身体《からだ》を弾《はず》ませた。

賑《にぎ》やかなやつだな。

「まさか、一回で終わりだと思ってたのか？」

「そ、そうに決まってるでしょ！　な、なんでまた……」

「情報量が多すぎる。正確には、たぶん二十三人かな。ほとんど学校の男子だが、違《ちが》いそうなのも何人か」

「うっ……にじゅう……」

「俺のちからは、触《さわ》ったときに一瞬《いっしゅん》、見えるだけだ。記《き》憶《おく》に焼きついたりだとか、そういう便利な機能はない。わかったら、ほら」

「……」

「『なんでも』」

秘密の合言葉で、柚月《ゆづき》は諦《あきら》めたようにガックリ肩《かた》を落とした。

恨《うら》めしそうに睨《にら》んでくる顔は、かわいさと大人っぽさのバランスが完璧《かんぺき》で、ちょっとグラッときてしまう。

恥《は》ずかしいのはお前だけじゃないんだぞ、まったく……。

それからは、触《さわ》っては描《か》き、触《さわ》っては描《か》きの繰《く》り返《かえ》しだった。

だが、柚月《ゆづき》はその度にもたもたしていたので、最終的には俺の方から、強引《ごういん》に頰《ほお》に触《ふ》れることになった。効率重視だ。

「言っとくけど、べつに俺だって、触《さわ》りたくて触《さわ》ってるわけじゃないんだからな」

「わ、わかってるわよ……！」

「なら、その不服そうな目をやめろ」

「だ、だって……！」

たしかに柚月《ゆづき》の頰《ほお》は、正直触《さわ》り心地《ここち》がいい。めちゃくちゃいい。おまけに、たまに指先が触《ふ》れる髪《かみ》もサラサラだ。

だが、それとこれとは別問題だ。必要だから仕方なく、触《さわ》ってる。いや、ホントだぞ。


結局、全員がどこの誰《だれ》かわかるまでに、一時間以上を費《つい》やした。その頃《ころ》にはふたりとも疲《つか》れ果《は》ててしまい、今日はこれでお開きになった。

このカフェは久世《くぜ》高《こう》から京阪石山坂本線《けいはんいしやまさかもと》で二駅行った、京阪膳所《けいはんぜぜ》駅のそばにある。この駅にはJR膳所《ぜぜ》駅も隣接《りんせつ》しており、柚月《ゆづき》はそっちを使うらしかった。

駅までの長い坂、通称《つうしょう》『ときめき坂』をふたりで歩く。両側を多くの店に挟《はさ》まれた、細くても人通りの多い道だった。

「そういえば、言い忘れてたけど」

周りを興味深そうに眺《なが》めていた柚月《ゆづき》が、ふいっとこちらを向いた。

「さっきの店の従兄弟《いとこ》とか、それから、天使としての俺が協力を仰《あお》いでる人間には、お前の事情も少なからず、知られる可能性がある。それだけは、今のうちに諦《あきら》めてくれ」

「えっ……」

柚月《ゆづき》は緊迫《きんぱく》した表情で俺を見た。不安と恐《おそ》れと、少しの興味が読み取れる。

「全員、口は堅《かた》いやつだ。おもしろ半分で人の噂《うわさ》を吹聴《ふいちょう》したりしない。もちろん、俺も可能な限り、柚月《ゆづき》の名前は伏《ふ》せる。ダメか？」

「……わかった。必要なら、そうしてくれていいわ。それに……信じてるって言ったものね」

「おっけー。助かる」

小さく頷《うなず》く柚月《ゆづき》に、そう声をかける。

こうして断っておかないと、あとで信頼《しんらい》関係が揺《ゆ》らぎかねないからな。これは、普段《ふだん》の天使の仕事と同じだ。

そのとき、前方からゆっくりと、トラックが進んできた。俺が車道側に立って、柚月《ゆづき》を端《はし》に引《ひ》っ込《こ》める。

　このときめき坂は、通り慣れてないとちょっとだけ危ない。

「あっ……ありがと」

「……おう」

　いちいち反応がしおらしいな、この美少女は……。普段《ふだん》はツンとしてるように見えるから、絶妙《ぜつみょう》なギャップがある。

　こりゃ、モテるだろうな。

「ところで、なんでお前は、松本《まつもと》の告白を断ったんだ？」

　ふと気になっていたことを思い出し、そう尋《たず》ねた。

　松本《まつもと》とは、以前に柚月《ゆづき》にフラれた、あの男子のことだ。そして、柚月《ゆづき》の好きな相手のひとりでもある。

「そのときは両想いじゃなかったのか？　それに、ほかのやつからの告白も、全部断ってるだろ。試《ため》しに、ってのは言い方が悪いけど、誰《だれ》かと付き合ってみたりはしないのか？」

　柚月《ゆづき》は、しばらく黙《だま》っていた。

　それから自虐《じぎゃく》的な声で、吐《は》くように言った。

「もちろん、試《ため》したわ。恋人《こいびと》になれば、もしかしたら一途《いちず》になれるかもって、中学の頃《ころ》にね。だけど……」

「……」

「だけど……全然変わらなかった。誰《だれ》か好きな人と付き合っても、その人以外のこともやっぱり好きなままで……それに、どんどん増えて」

「……そうか」

「そんなの、その人に失礼でしょ？　最低よ。隠《かく》して付き合い続けることもできたかもしれない。でもそんなことしたら、私はますます、自分が許せなくなる。五回試《ため》して、全部だめだったから、直るまでは誰《だれ》とも付き合わない。決めたの」

「……その五人とは？」

「何度も謝って、別れてもらったわ。付き合ってすぐ、それに突然《とつぜん》だったから、みんな困ってた。当然よね。あの人たちはなにも悪くないのに、勝手な都合で振《ふ》り回《まわ》して……」

「ホント、最低」。そうこぼして、柚月《ゆづき》はスカートの裾《すそ》を強く握《にぎ》った。

なるほど、好きな相手からの告白も断るのは、こいつなりの、誠実さの表れだったってわけか……。

「つまり私は、一途《いちず》とは真逆の、男の子大好きな自分勝手ＪＫってことよ。ね、呆《あき》れたでしょ？……バカみたいよ、もう」

柚月《ゆづき》の声はひどく卑屈《ひくつ》で、けれど本気でそう思っているようだった。

共感できる、とは言えない。だが、気持ちは理解できる。

こいつがどれだけ、自分に幻滅《げんめつ》しているのか。それは、声や言葉や、表情から痛いほど伝わってくる。

ただ、柚月《ゆづき》はわかってない。

俺のことも、自分のことも。それから、恋《こい》のことも。

「呆《あき》れるかよ、そんなことで」

「……えっ」

柚月《ゆづき》が驚《おどろ》いたように、こちらを見る。

いつの間にかたどり着いていた駅前の踏切《ふみきり》に、ちょうど遮断《しゃだん》機が下りた。

カンカンと、耳障《みみざわ》りな機械音が鳴る。電車の音が近づいてきて、俺と柚月《ゆづき》の周囲が騒音《そうおん》で溢《あふ》れた。

もう、お互《たが》いの声しか聞こえない。

「恋愛《れんあい》感情なんて、自分でコントロールできるもんじゃない。好きになるときは、いやでも好きになる。だから、お前は悪くないよ」

「……」

「それに昨日と今日で、柚月《ゆづき》がいいやつだってことは、よくわかった。この相談だって、引き受けて後悔《こうかい》もしてない。助けてやるから、頑張《がんば》れよ」

「……うん」

柚月《ゆづき》の短い返事を聞いたところで、無性《むしょう》に恥《は》ずかしくなった。ふるふると首を振《ふ》って、熱くなっていた顔を冷ます。

そうだ、今はいつもみたいなボイチェンありの通話じゃなく、対面だった……。あんまり、くさいことは言うもんじゃないな……。

そこで、俺たちの前を京阪《けいはん》電車がゆっくり通り過ぎた。機械音が止《や》んで、踏切《ふみきり》が開く。

「じゃあな」

JRの改札まで柚月《ゆづき》を送り、別れを告げる。

が、柚月《ゆづき》は俺に背を向けず、少しのあいだもじもじして黙《だま》っていた。

……なんだ？

「あの……明石《あかし》くん」

「お、おう……？」

「さ、さっき言ってくれたこととかは、全然関係ないけどっ……！」

俯《うつむ》いたまま顔をそらして、柚月《ゆづき》は続ける。

綺麗《きれい》な黒髪《くろかみ》の隙間《すきま》から見えた頬《ほお》が、さくらんぼみたいに赤かった。

「私……その……」

「……」

「あ、あなたのことも……好きになっちゃうかもしれないから……」

「えっ……」

……。

「……今のうちに、謝っとくわ。……ごめん」

「いや……あ……まあ、構わない……けど」

柚月《ゆづき》はそこで、くるりと身を翻《ひるがえ》した。

髪《かみ》とスカートが揺《ゆ》れて、流れる。

その背中が改札の奥に消えたあとも、俺はしばらくその場でぼーっと固まってしまっていた。

「……困ったな、これは」

思わずそんなことを呟《つぶや》いてから、俺は自分の電車の駅のベンチで、ぼんやりと車両が来るのを待った。

◆　◆　◆

仕事モード、オン。

変声機オッケー、カメラはオフ。通話品質、ぼちぼち。

「柚月《ゆづき》には今、付き合ってる相手はいない。周りを探《さぐ》ってみたが、ほぼ間違《まちが》いないよ」

『ほ、ホントか……！』

イヤホンの向こうで、牧野《まきの》がほっと息を吐《は》くのがわかった。

だがそこには、純粋《じゅんすい》な安心のほかにも、いくつかの感情が混ざっているように思えた。焦《あせ》り、緊張《きんちょう》、あとはちょっとの落胆《らくたん》か。

まあ、これで逃《に》げ場《ば》もなくなったわけだから、無理もないな。

「ただ、好きな相手がいるかどうかは……」

……。

「わからなかった。悪い」

『うっ……そっか』

牧野《まきの》はううんと唸《うな》って、あとはなにも言わなかった。

たぶん、俺の次の言葉を待ってるんだろう。自分では、ここから進むことも、戻《もど》ることもできなくなっている。告白の前段階では、よくあることだ。

だからこそ、踏《ふ》み出《だ》せるようにするのが天使の役目だ。

「牧野《まきの》」

『……おう』

「前にも言ったが、柚月《ゆづき》の事情がどうであれ、告白はするべきだ。たとえ、うまくいかなかったとしても」

『そ、そんな……簡単に』

「簡単なもんか。誰《だれ》だって、フラれたくない。当たり前だ。私にも、気持ちはよくわかる」

『だ、だったら……！』

「それでも、告白した方がいい。絶対に」

そこで、牧野《まきの》が息を呑《の》むのが、イヤホン越《ご》しに伝わってきた。

きっと天使の語気が、いつになく強かったせいだろう。

「フラれるのはつらい。好きな相手に、好きじゃないって言われるのは、めちゃくちゃ怖《こわ》い。でも告白しなかったら、お前はきっと、一生後悔《こうかい》する。『あのとき、もし告白してたら』。その、もう叶《かな》わない可能性に、ずっと囚《とら》われることになる」

『っ……』

「もちろん、だからってフラれてもいいなんて言わない。そうならないように、今までお前は頑張《がんば》ってきたんだ。それは、俺が一番よく知ってる」

『……』

「でも、絶対に成功する告白なんて、この世にはないんだよ。どれだけ自信があっても、いけそうに思えても、フラれるかもしれない。だから、最後はその恐怖《きょうふ》に、打ち勝つしかないんだ。そしてたぶん、それが告白なんだと思うんだよ」

『天使……』

「……すぐにとは言わない。でも、ゆっくり恐怖《きょうふ》を乗《の》り越《こ》えよう。それまで、付き合うよ」

『ああ……。ああ』

「それに極端《きょくたん》な話、一回フラれたって、それで失恋《しつれん》決定ってわけじゃないだろ？　また、告白すればいいんだ。そりゃ、限度はあるけどな」

『……ははっ。たしかに……そうかもな。うん、そうだ』

牧野《まきの》の声は、すっかり明るくなっていた。

俺は長い息を吐《は》いて、心臓に手を当てた。

鼓動《こどう》が早い。喉《のど》も渇《かわ》いている。どうやらいつの間にか、熱くなりすぎてたらしい。

愛用のグラスに注いでいたコーラを、多めに飲む。かすかな痛みと冷たさで、やっと気分が落ち着いた。

『ありがとな、天使。なんか……元気出た』

「いや……悪かったな、まくし立てて」

『ううん。でもアレだな。やっぱり、天使は男なんだな』

「え……？」

なんで今、そんな話になる？

それに、どうしてわかったんだ……？

『さっき自分のこと、俺って言ってたじゃん。いつもは私なのにさ』

「……そうだったか」

ああ、バカか俺は。

これを始めて、もう一年だぞ……。

「……忘れてくれ」

『あはは。正体は秘密、なんだもんな。わかってるよ。でも、なんか嬉《うれ》しかった。お前がどんなやつなのか、全然知らなかったし』

「……もう切るぞ」

『おう。じゃあ、また頼《たの》むよ』

「ああ。こっちもなにかあれば、連絡《れんらく》する」

そう言って、今日は自分の方から、通話を終わらせた。

鼓舞《こぶ》するのはいい。けど、冷静さを失うな、明石《あかし》伊緒《いお》。

お前は、天使だろ。

「……」

ひとつ、牧野《まきの》に嘘《うそ》をついた。

柚月《ゆづき》に、好きな相手はいる。それも、何人も。

しかもその中には、牧野《まきの》自身も含《ふく》まれていた。これは、今日のカフェでの柚月《ゆづき》とのやり取りで、わかったことだ。

俺は牧野《まきの》の告白を止めない。

それどころか、全力で後押《あとお》しする。

柚月《ゆづき》があいつの気持ちを、受け入れないと知っていても。

「……許せよ、牧野《まきの》」

それから、許せよ柚月《ゆづき》。

でも、伝えない方がいい恋心《こいごころ》なんて、きっとないんだよ。

「彩羽《あやは》……」

思わず漏《も》れた、その名前。

浮《う》かんだ、あいつの顔。

それを無理やり飲み込むように、俺は気の抜《ぬ》け始めていたコーラを、また喉《のど》に流し込んだ。

◆　◆　◆

「……なあ」

「……」

翌日、俺と柚月《ゆづき》は再び従兄弟《いとこ》のカフェで合流した。もう少し、状況《じょうきょう》を整理するためだ。

いつものテーブルにつき、注文した飲み物を受け取るなり、俺はまた柚月《ゆづき》の頬《ほお》に触《ふ》れた、のだが。

「……増えてないか？」

「……」

俺の指摘《してき》に、柚月《ゆづき》は心底恥《は》ずかしそうに、俯《うつむ》いて顔を赤くした。

どうやら自覚はあったらしい。顔に触《ふ》れる前、昨日より緊張《きんちょう》してるように見えたのは、そのせいか。

それにしても、ホントに惚《ほ》れっぽいやつだな……。

「ち、違《ちが》うのよ……！　これは、その…………ごめん」

「べつに、謝らなくていいって。それより、なんで好きになったんだ？　こいつは、青木《あおき》だな」

新しく『好きな相手リスト』に加わった青木《あおき》は、俺と同じ八組に所属している男子だった。

言っちゃ悪いが特徴《とくちょう》のあるやつじゃない。

ただ、たしかこいつも柚月《ゆづき》ファンだった気がするな。

「なんでって……わからないわよ」

「わからない？　なにか惹《ひ》かれるところがあったんじゃないのか？」

「……廊下《ろうか》で、落としたハンカチをたまたま拾ってもらったの。そのときにちょっと話したけど、それまで特に関わりはなかったわ」

「……顔がタイプ、とかは？」

可能性は低いと思いつつ、聞いておく。

一応の確認《かくにん》と、青木《あおき》の名誉《めいよ》のためだ。

「ないと思う……。私が好きになる人、みんな見た目はバラバラだし……」

「……なるほど」

たしかに、柚月《ゆづき》が今好きな二十三人、いや、ひとり増えて二十四人には、外見的な共通点はない。イケメンもいれば、地味なやつもいる。イカついやつも中性的なやつもいるし、身長や体型もまちまちだ。

「つまり、容姿が原因で好きになってるわけじゃない、ってことか？　ほかのやつらも含《ふく》めて」

「たぶん……そうだと思う。でも、じゃあなにが理由で人を好きになるのか。今好きな人たちのことも、どうして好きなのか、って聞かれると……」

「……まさか、わからないのか？」

「……うん」

「ほー……」

思わず、マヌケな声が出た。

もしかして、想像してたより厄介《やっかい》なんじゃないか、この問題は……。

「だ、だって……多すぎるんだもん……。それに好みなんて、ワンパターンじゃないでしょ？　そもそも、わからないから困って、相談してるんじゃないっ」

「……まあ、そりゃそうなんだけどさ」

しかも、恋愛《れんあい》感情は自分で制御《せいぎょ》できない、って言ったのも俺だ。

柚月《ゆづき》の言い分はもっともだ。もっともだけれど、あまりに手がかりがなさすぎる。

「……法則性がなかったとしても、好きな理由はさすがにあるはずだ。たとえば今回なら、親切にされたこと、とか」

「私もそれは考えたわ。でも、そんなことで好きになってたら、もっと増えてると思う。それに……」

「それに？」

「……だったら、あなたのことも好きになってないと……おかしい……でしょ」

最後はほとんど消えそうな声になりながら、柚月《ゆづき》は言った。

「……」

「……」

「……ま、まあ——」

「伊《い》ー緒《お》っ」

そのとき、突然《とつぜん》俺たちのテーブルの横から、呑気《のんき》そうな声がした。

見ると、シャツとデニムにエプロン姿の、俺の従兄弟《いとこ》が立っていた。やたらと爽《さわ》やかで楽しそうな笑顔《えがお》が、無性《むしょう》にムカつく。

　またややこしいときに現れやがって……。

「なんだよ……」

「おいおい、場所を提供してやってるんだから、もっと優《やさ》しくしてくれよ」

「いや、客だから。注文もしただろ」

「ふーん。いいのか？　そんなこと言って。見晴らしよくするぞ？　その席」

「あーあー悪かったよ。感謝してるって」

　こいつ……。まあ借りがあるのは事実だし、ちょっかいかけてくるのはいつものことだ。

「で、なんの用だ？」

「いやー、伊緒《いお》が楽しそうに女の子と話してたから、ちょっと混ざりに」

「おい。仕事しろ、仕事」

「今はすいてるからいいの」

　いいの、じゃねぇよ。バイトの人に怒《おこ》られろ。

「あ、あの、すみません。連日、長居してしまって……」

　柚月《ゆづき》がそう言って、ペコリと頭を下げる。

　こういうところはしっかりしてるな、やっぱり。

「いやあいいよいいよ。よくあるし、伊緒《いお》の頼《たの》みだから。それに、きみみたいなかわいい子が座っててくれると、店内も華《はな》やかになるしね」

「い、いえ、そんな……」

「ああ、自己紹介《しょうかい》が遅《おく》れたね。明石有希人《あかしゆきと》です。伊緒《いお》の従兄弟《いとこ》で、この喫茶《きっさ》プルーフのCEO」

「ただの店長だろ」

「CEOでも合ってるから、いいんだよ」

都合いいやつ。言ってみたかっただけだろうに。

有希人《ゆきと》は俺の七つ上で、父方の従兄弟《いとこ》だ。俺の天使としての活動を知っていて、こうして必要なときは、場所を貸してくれることになっていた。

正直、おかげでかなり助かっている。

ウザ絡《がら》みさえしてこなければ最高なんだけど。

「柚月湊《ゆづきみなと》です。明石《あかし》くんとは、学校の友達で」

「友達。うーん、友達かぁ」

有希人《ゆきと》は顎《あご》に手を当てて、ゆらゆらと首を揺《ゆ》らした。

なんだよ、こっち見んなよ。

「有希人《ゆきと》さんは」

「おっと。『有希人《ゆきと》さん』はやめてほしいな。なんだか、照れるからさ」

「あ、でも……」

「呼び捨てでいいぞー、柚月《ゆづき》」

「ば、バカ言わないでっ」

まあ俺と有希人《ゆきと》は名字が同じだから、その呼び方するのはわかるけどな。

「下の名前で呼ぶなら、俺じゃなくて伊緒《いお》にしてやってよ。そうだ、伊緒《いお》も柚月《ゆづき》さんを名前で呼べば、ちょうどいいな」

「えぇっ⁉」

「おいっ、有希人《ゆきと》……」

余計なこと言うんじゃねぇよ……。

「でも、伊緒《いお》は二文字で呼びやすいし、機会も多いだろうから、理にかなってるだろ？　それに女の子だけが男を名前で呼ぶなんて、ダメだよ」

今日一番のニヤニヤした笑顔《えがお》で、有希人《ゆきと》が言った。

こいつが厄介《やっかい》なのは、これだ。ふざけてるように見えて、論理的に自分の提案を通すのが、やたらとうまい。

おまけに……。

「やだよ……。学校でも話すんだぞ」

「べつに今どき、珍《めずら》しくもないだろ？　人のことは呼び捨てさせようとしたのに、自分はいやなのか？」

「うっ……」

「恩人の言うことは聞くもんだよ。またチェックしに来るから、そのつもりでよろしく」

「あ、おいっ！」

それっきり、有希人《ゆきと》はさっさと仕事に戻《もど》っていった。カウンターの中からこっちを向いて、さまになりすぎたウィンクを送ってくる。

あいつ……覚えてろよ……。

「ど……どうするの？」

柚月《ゆづき》が困惑《こんわく》したような様子で、そう聞いてきた。当然の反応だな。

「……面倒《めんどう》だけど、こういうときの有希人《ゆきと》は本気だ。ずっと文句を言われるより、従った方がマシ……だと思う」

有希人《ゆきと》は人の弱みをチラつかせるのが、提案を通すのよりうまい。その合わせ技《わざ》で、言うことを聞いた方が楽だと思わされてしまうのだ。

バイトの人たちも、さぞ困らされてることだろう。日々の苦労が察せられる。

「ただ、あいつは俺をからかえれば満足なはずだ。柚月《ゆづき》はそれに、うまく使われただけ。だからまあ、俺がお前を名前で呼ぶのさえ許してくれれば、それで大丈夫《だいじょうぶ》だよ」

まさか柚月《ゆづき》の方にまで、変に絡《から》んだりはしないだろう。

外面はいいからな、有希人《ゆきと》は。

「……だけど、あなただけ名前で呼ぶっていうのも、変よね」

「ん？　いや……まあ、アンバランスではあるけど。でも気にしなくていいだろ、そんなこと」

俺がそう言っても、柚月《ゆづき》は深刻そうに考《かんが》え込んでいた。

マジメというか、変に律儀《りちぎ》なやつだな……。

「……う、うん。やっぱり、私も呼ぶわ……名前で」

「そ、そうか……」

「……」

柚月《ゆづき》の顔はまた赤かった。

本人が言うからには止めはしないけれど、もしかしてけっこう、無理してるんじゃないか？

「……なら、ここに来たときだけでも付き合ってくれ。悪いな、湊《みなと》」

「ひぁっ……！　う、うん。えっと……い、伊緒《いお》……！」

契約書《けいやく》にサインするみたいに、俺たちはお互《たが》いの名前を一度呼び合った。

まあ、べつに大したことじゃない。単に呼び方が変わるだけだ。

ただ、柚月《ゆづき》あらため湊《みなと》は、落ち着かなさそうにもじもじしていた。さっきにも増して、頬《ほお》が真っ赤だ。

「……やめてもいいんだぞ？」

「や、やめないわよっ……！　ただ……男の子を名前で呼ぶなんて、初めて……だし……」

湊《みなと》はぼそぼそと、消え入りそうな声で言う。

そういう反応は、できればやめてほしいんだけどな……。

「どういうつもりだよ」

カウンターで食器を拭《ふ》きながら、俺はレジの締め作業をしていた有希人《ゆきと》を睨《にら》んでやった。

あのあと、俺と湊《みなと》は明日以降の方針をザッと話し合い、早めに解散した。湊《みなと》は帰宅したが、
俺はそのまま店の手伝いに入り、こうして閉店まで働いていた。

これも、場所を借りるための条件のひとつだ。

一応給料も入るが、基本的にはシフトの穴を埋《う》めるために、都合よく呼びつけられる。

「べつにー。かわいい従兄弟が、美少女と仲よくなれるように、サポートしただけだよ」

「なにがサポートだ。大人のくせに、高校生をもてあそぶなよ。趣味《しゅみ》悪いぞ」

「二十三歳なんて、まだまだ子どもだよ。残念ながら」

有希人《ゆきと》がしみじみと言う。

言葉の真偽《しんぎ》はともかく、今はそんなことは二の次だ。

今日の有希人《ゆきと》のやり口は、いつにも増してたちが悪かった。

「人の恋《こい》を助けてばかりで、自分のことはさっぱりだろ？　寂《さび》しい青春を送る伊緒《いお》を助けてやりたいと思うのが、そんなにダメなことか？」

「ああ、ダメだね。わかってるだろ。俺はまだ――」

「伊緒《いお》」

俺の反論を遮《さえぎ》って、有希人《ゆきと》はこちらを向いた。

柔《やわ》らかい笑顔《えがお》を崩《くず》さず、言い聞かせるような口調で続ける。

「お前も、そろそろあの子を特別扱《とくべつあつか》いするの、やめてもいいんじゃないか」

「……」

「悲しいことは、忘れたっていいんだよ。お前は、生きていかなきゃいけないんだ」

「……うるさい」

うるさいよ、有希人《ゆきと》。

そんなことは、俺が一番わかってるんだから。


「ねぇっ、伊緒《いお》くん」

記憶《きおく》の中で、あいつはいつも楽しそうにしている。

屋上から見える空と雲がよく似合う、風みたいなやつだった。

「もし、もしね？　自分になにか、ほかの人にはない特別なちからがあったら、どうする？」

「……なんだよ、いきなり」

あいつと俺は、毎日のように色々な話をした。

話題はバラバラで、どれもとりとめもないただの雑談。

けど俺には、放課後に屋上で過ごすその時間が、なによりも大切だった。

「この前見たドラマがね、そういうお話だったの。伊緒《いお》くんだったら、どうするかなーって」

「作り話じゃん。あり得ないよ」

ただ、この日の話題はちょっとだけ、心臓に悪かった。

それがあり得なくないということを、俺だけは知っていたからだ。

「だからー、もしだってば。ね、どうする?」

「……魔法《まほう》ってこと?」

「うん、そう！　あとは超能力とか！　エスパー！　サイキック！」

「ガキ」

「こら！　歳上《としうえ》なんですけど?」

「歳上《としうえ》なのに、ガキだなって」

「ふーん?　そのガキにドキドキするくせにっ」

「なっ、おい！」

いきなり二《に》の腕《うで》をギュッと抱《だ》きしめられて、柔《やわ》らかい感触《かんしょく》と甘い匂《にお》いに、心臓が跳《は》ねた。

俺が必死に振《ふ》り解《ほど》こうとしても、あいつは楽しそうで。

「くっつくなって！　バカ！　こらっ！」

「あははっ。かわいいなぁ伊《い》緒《お》くん。よしよし」

「……くそぉ」

先輩《せんぱい》のくせにホント、バカだった。

でも、中学生にしては大人びた笑《え》顔《がお》も、高いのに響《ひび》きが深い声も、俺はどうしようもなく好きだった。

「それで、どうするの？　エスパー伊《い》緒《お》」

「エスパー伊《い》東《とう》みたいだな」

「古っ！　え、古っ！　伊《い》緒《お》くん、ホントに歳下《としした》？」

「そっちだって知ってるんじゃん。それに、一個しか変わらないし」

「もう、いいからいいから。どうするの？」

「……超能力って、たとえば？」

「んー。じゃあ、人の心が読める、とか！」

「えっ……」

ドキッとした。

でもあいつは……彩羽《あやは》はそんな俺の気も知らないで、いつもの笑《え》顔《がお》で俺を見つめていた。

――第三章――　あくまでデートではなくて

学校の屋上というのは、多くの場合では閉鎖《へいさ》されている。中学でも、高校でも。久世高《くぜこう》もその例に漏《も》れず、普通《ふつう》は入ることができない。そう、普通《ふつう》はな。

「ほいっと」

前を歩いていた女子が、声を上げながら鍵《かぎ》を回す。ガチャリと音を立てて、ドアはあっさりと開いた。

視界が広がり、青空と太陽に目が眩《くら》む。乾《かわ》いた風が心地《ここち》よく、授業の眠気《ねむけ》が引いていった。

「相変わらずよゆーだなー」

「秘密の合鍵《あいかぎ》のおかげだろ。ほら、返せ」

「はいはい」

サッパリした短髪《たんぱつ》の女子、日浦亜貴《ひうらあき》はこちらを向かず、扉《とびら》の鍵《かぎ》をヒョイっと投げた。慎重《しんちょう》にキャッチして、ポケットに仕舞《しま》う。

「おい、大事に扱《あつか》え。なくして誰《だれ》かに拾われたらマズいんだ」

「へーきへーき」

日浦《ひうら》は呑気《のんき》にそう言って、適当なところにすとんと腰《こし》を下ろした。雑に足を組むせいで、ただでさえ短いスカートの中が、危《あや》うく見えそうになる。

「見んなよ」

「見せんなよ……」

「セクシーだろ？」

「センシティブな」

「ほれ、チラリズム」

「めくるな！」

まったく……。

俺の友人一号、日浦亜貴《ひうらあき》を短く説明するなら、『男まさりな自由人』だ。

ちょうど柚月《ゆづき》……湊《みなと》とは正反対といえばわかりやすい。

あけすけな性格で、誰《だれ》が相手でも態度を変えないところはわりと尊敬している。ただ教師や先輩《せんぱい》に対してもこんな感じなせいで、反感を買うこともしばしば。

要するに困ったやつなのだ。まああらためるつもりはなさそうなので、もはやなにも言うまい。長所を伸《の》ばす方針でいこう。

「けどお前、よそでもそんな無防備にしてるんじゃないだろうな……？」

「だいじょぶだって、スパッツだし。ほら」

「だからめくるな！」

健全な男子高校生には、スパッツと太ももだけでも充分なんだよ！　なにがとは言わんけども！

「はぁ……」

いつも通りとはいえ、世話の焼けるやつ……。

だが、実はこういう内面以外の話をすると、日浦《ひうら》はかなり凄《すさ》まじい女子高生だ。

なにせ、運動神経がめちゃくちゃいい。

華奢《きやしや》な身体《からだ》のわりに、体力テストで女子学年トップを取り、去年の体育祭では、男子のリレーに女子ひとり混ざって出場していた。

いや、正確には日浦《ひうら》のせいで、その種目の名前が『クラス代表男子ガチリレー』から『クラス代表男女無差別ガチリレー』に変わったのだ。

単純な走力こそさすがに男子には劣《おと》るが、日浦《ひうら》はバトンパスが異常にうまい。事実、男子八人よりも、日浦《ひうら》プラス男子七人の方が、タイムがよかった。

あのとき日浦《ひうら》が言い放った「ガチなのにあたしが出ないなんて舐《な》めプじゃん」は、伝説の名言として今も語《かた》り継《つ》がれている。

身体能力に加えて、ずば抜《ぬ》けた技術の持ち主、それが日浦亜貴《ひうらあき》だ。

ちなみに所属するテニス部では、三年生を抑《おさ》えてエースの座に君臨している。

というか、一年の頃《ころ》に部内戦で全勝優勝して、その頃《ころ》からの地位らしい。

よその部活にも日浦《ひうら》をほしがるところは少なくないが、そこはさすがの自由人。「めんどくせー」のひと言で全て一蹴《いっしゅう》している。

男としては、この大物感にちょっと憧《あこが》れないこともない。

おまけに性格に似合わず、女の子っぽいかわいらしい目鼻立ちで、かなりの美少女ときている。ガサツなところ以外に、あんまり目立った弱点がない。

もしかして、反感を買いやすいのはそのせいじゃないだろうか。

日浦《ひうら》は持っていた袋《ふくろ》から、焼きそばパンとクリームパン、それからいちごオレを出した。

それにならい、俺も自分の昼食を床《ゆか》に並べる。

「で、なにかわかったか？　役に立ちそうなことは」

「いやー、全然」

「おいっ！　報酬《ほうしゅう》先払《さきばら》いさせたろ！」

「あーうっさいなぁ。冗談《じょうだん》だって。あたしを誰《だれ》だと思ってんだよ」

「お前だから心配なんだよ……」

「お？　喧嘩《けんか》か？」

日浦《ひうら》は八重歯を見せてニヤッと笑い、シュッシュッとシャドウボクシングをしてみせた。

普通《ふつう》に俺が負けるので、その展開は嬉《うれ》しくない。暴力反対。

日浦《ひうら》は数少ない、俺が久世高《くぜこう》の天使だと知っている人間のひとりだ。それだけでなく、広い人脈を活《い》かした情報収集で、天使の仕事を手伝ってくれてもいる。

ちから以外は完全に凡人《ぼんじん》の俺にできることには、能力的にも時間的にも限界がある。こうして信頼《しんらい》できる協力者を確保するのが、天使の仕事には必要だったのだ。

ただし、情報を流してもらうときは、対価としていちごオレを奢《おご》るのが契約《けいやく》だ。好きらしい、いちごオレ。

「今日は雑多な収穫《しゅうかく》なし。そこは許せよな」

「ああ。で、頼《たの》んでた方は？」

普段《ふだん》、日浦《ひうら》は学校全体の恋愛《れんあい》事情を探《さぐ》ってくれている。学年を越《こ》えて顔が広いおかげで、その収集力はかなりのものだ。

ただ今回は、とある人物に的を絞《しぼ》って、情報を集めてもらうことになっていた。あいつには悪いが、本人からは得られない情報もあるからな。

「柚月湊《ゆづきみなと》、二年七組女子、帰宅部。前回の実力テスト総合学年四位、体力テストＡ」

「はぁ……予想はしてたけど、さすがにハイスペだな」

「告白された回数、わかっただけでも十二回。ただ、高校でできた彼氏《かれし》はゼロだな。野郎《やろう》人気がやたら高くて、今年から『久世《くぜ》高《こう》三大美女』になってる。カップ数は」

「カップ数は言うな！」

「Ｅ」

「言うなよ！　……マジか？」

「マジマジ」

なるほど……通りであんなに……。いや、やめろ俺。これ以上この話題に触《ふ》れるな。

それにしても、日浦《ひうら》にかかればそんなことまでわかるのか……。

ところで、『久世高三大美女《くぜこう》』とは、つまりその名の通りのものだ。学年を問わず、男子から人気の女子トップスリーに、この称号《しょうごう》が与《あた》えられる。

久世高《くぜこう》は毎年なぜか美女率が高いと評判で、三大美女はその頂点。それはもう、冗談抜《じょうだんぬ》きでハイレベルだ。

メンバーは誰《だれ》が決めてるってわけでもなく、呼び方も俗称《ぞくしょう》。だが実際は、生徒が密《ひそ》かに運営する認定《にんてい》機関があって、その連中が選んでいる、という噂《うわさ》だ。

久世高《くぜこう》の天使と並んで、二大都市伝説と呼んでいる生徒もいるんだとか。

俺のライバルだな。いや、違《ちが》うか。

「一番仲がいい友達は同じクラスの藤宮詩帆《ふじみやしほ》。っていうか、まともに付き合いがあるのはそいつだけだな。ほかは広く浅く、話す相手がいないこともない。その藤宮《ふじみや》とは中学も同じっぽいけど――」

「けど？」

「出身が県外だな。京都《きょうと》の中学に通ってたらしい。ただこれに関しては、あんまり情報が出てこなかった」

「京都《きょうと》……珍《めずら》しいな。うち、公立なのにな」

「もうちょっと探《さぐ》ってみるか？」

「……いや、いい。必要になったら、そのとき頼《たの》むよ」

たぶん、今回の件には関係ないだろうからな。それに、中学はあいつ自身、あんまりいい思い出がなさそうだし、できれば触《ふ》れてやりたくない。

「最後に。三大美女のわりに、一部男女からは評判が悪い」

「ん？　なんでだ？」

話した感じ、あんまり嫌《きら》われそうなやつじゃなかったけどな。

友達が少ない、ってのはなんとなくわかる気がするけど。

「まずは普通《ふつう》にやっかみだな。それと逆恨《さかうら》み。自分が好きな男が柚月《ゆづき》に惚《ほ》れてる、とかな。ただこのへんは、おもに女子の理由だ」

「ああ、なるほどな……」

「野郎《やろう》の方はもっとしょーもないぞ。あいつらは――」

「思わせぶりなんだよなー、柚月《ゆづき》ちゃん」

そのとき、日浦《ひうら》の言葉を遮《さえぎ》るように、後ろから声がした。

首だけで振《ふ》り返《かえ》ると、友人二号、三輪玲児《みわれいじ》が頭の後ろで手を組んで、こちらへ歩いてくるところだった。

玲児《れいじ》が座り、袋《ふくろ》からカレーパンを出す。ツーブロックの茶髪《ちゃぱつ》と、派手で整った顔が今日も目を引いた。

耳にピアスが光っているが、やたら自由で校則の緩《ゆる》い久世高《くぜこう》では禁止もされていないので、べつに不良というわけではない。バカではあるけれど。

ちなみに、玲児《れいじ》も日浦《ひうら》と同じく、俺の正体を知っている。

協力を仰《あお》いでいるわけではないものの、こいつも恋愛沙汰《れんあいざた》や人間関係にはなにかと造詣《ぞうけい》が深いので、ときどき助けてもらうことがあるのだ。

ただ、日浦《ひうら》にも玲児《れいじ》にも、さすがにちからのことまでは話してない。

その必要もなければ、信じるとも思わないからな。

「用は済んだのか？」

「おう。付き合ってきたぞー」

「……相変わらずだな」

こいつが遅《おく》れてここへ来たのは、後輩《こうはい》の女子に呼び出されていたからだった。

案の定告白されて、しかもオッケーまでしたらしいが、とてもそうは見えない気楽さだ。

まあいい。今さらこいつの恋愛《れんあい》の仕方にケチをつける意味も、そのつもりもない。

たぶん今回もすぐ別れるだろうし、相手の名前も聞くだけ無駄《むだ》だ。

「で、なんだよ、思わせぶりって？」

なにやら、意味深な言葉だけれども。

「柚月《ゆづき》ちゃんって、普段《ふだん》冷たいんだよ。淡々《たんたん》としてるっていうの？　感情読みにくいし、賢《かしこ》そうだし」

「まあ……そうかもな」

最初の印象は、たしかにそんな感じだった。

でも、すぐ恥《は》ずかしがったり焦《あせ》ったり、話してみるとけっこう感情豊かなやつだということが、今はもうわかっている。

「ただ、仲よくなるとけっこうデレるんだよ、あの子」

「で、デレる……？」

なんだ、そのラブコメみたいなワードは。

「要するに、いけそうに見えるんだ。クールだったのが、こっちに向けて顔赤くしたりするようになるから、ちょろい男子は、『あれ？　もしかして俺のこと好きなんじゃやね？』ってなる」

「……ふむ」

それは、いろいろと想像しやすいというか、納得《なっとく》できる説明だな……。湊《みなと》目線でも、相手目線でも。

「けどいざ告白したら、返事は全部ノー。期待させといてなんだそれ、って、一転アンチになるわけ。つまりさっき日浦《ひうら》が言ったように」

「しょーもないんだよ、バカな野郎《やろう》どもめ。一方的な勘違《かんちが》いでわめきやがってさ」

日浦《ひうら》は吐《は》き捨《す》てるように言って、いちごオレをゴクゴクと飲んだ。玲児《れいじ》がこちらを見て、なははと気楽そうに笑う。

たしかに、しょうもない。

だがその実、おそらく湊《みなと》は本当に、そいつのことを好きになっているのだろう。けど感情を隠《かく》すのがうまいやつじゃないから、こうなってしまっている。

そう思えばまあ、男子連中にも若干《じゃっかん》ながら、同情の余地がないこともない。

「っていうか、やけに詳《くわ》しいな、玲児《れいじ》」

「まさか、三輪《みわ》もそのちょろい男子のひとりなのかー？」

「いやー。俺、頭いい女の子はタイプじゃないし。でも、連中の思考回路はわかる。安いプライドが傷ついて、アンチになるしかないんだろうさ。モテないやつはこれだから」

玲児《れいじ》はやれやれと首を振《ふ》って、残っていたカレーパンを一気に口に入れた。話は終わった、という意思表示だろう。

あぐらをかいていた日浦《ひうら》が、足を組《く》み替《か》えてから言う。

また見えそうだからやめなさい。

「ま、柚月《ゆづき》についてはそんなとこだな。人気と不人気がわかりやすい。あんまり敵が増えると、プラスフォーに落ちるかもな」

「……そうか」

『プラスフォー』というのは、久世《くぜ》高《こう》三大美女の下に控《ひか》えている、さらなる四人の人気女子のことだ。こっちも三大と同じく、非公式の俗称《ぞくしょう》。

それにしても、こういうの好きすぎだろ、久世高生《くぜこうせい》。勉強の反動か？

「おー。じゃあもしそうなったら、ついに俺たちの日浦《ひうら》が三大入りかもじゃん」

パンを飲み込んだ玲児《れいじ》が、からかうように言った。

なにを隠《かく》そう、日浦亜貴《ひうらあき》はプラスフォーのひとりなのだ。湊《みなと》とは違《ちが》う路線だが、こいつもハイスペ美少女だからな。

「死ぬほど興味ねぇよ」

「興味なくても、選ばれたら決定なんだろ？」

「そーそー。運命からは逃《のが》れられないぜー」

「今でもうっとうしいんだ。三大なんかにしやがったら、認定機関《にんていきかん》を突《つ》き止《と》めて潰《つぶ》してやる」

日浦《ひうら》は怖《こわ》い顔で物騒《ぶっそう》なことを言っていた。

三大美女もプラスフォーも、本来は男子だけじゃなく、女子にとっても憧《あこが》れのマト……なんだけどな。

まあ、この手の称号《しょうごう》にはいろいろと、デメリットもあるってことなんだろう。

実在するのかは知らないが、日浦嬢《ひうらじょう》を怒《おこ》らせるのはおすすめしないぞ、認定《にんてい》機関とやら。

「とにかく、サンキュー日浦《ひうら》。助かった。またなにかわかったら、そのときは頼《たの》む」

「へいへい」

そこで、ちょうど俺は自分のパンを食べ終えた。日浦《ひうら》と玲児《れいじ》のゴミも回収して、ひとつの袋《ふくろ》にまとめる。

湊《みなと》についての情報は増えたが、やっぱりこれだけじゃ、あいつの惚《ほ》れ癖《ぐせ》の原因まではわかりそうにない。

地道に仮説を立てていくしかない、か。

「ところで、伊緒《いお》。なーんで柚月《ゆづき》ちゃんを調べてるんだ？　ん？」

ニヤリと口元を引き上げて、玲児《れいじ》が言った。

こいつ……わかってて聞いてるだろ。

「仕事だよ。決まってるだろ」

「いやー。そう見せかけて、実は普通《ふつう》に狙《ねら》ってるかもだし。職権濫用《らんよう》的なあれで」

「玲児《れいじ》」

「おっとっと。怒《おこ》るなよ。違《ちが》うなら違《ちが》うって言えばいい」

「じゃあ、違《ちが》う」

「ふーん。つまんね」

やれやれ、こいつは……。

玲児《れいじ》は関心をなくしたように、ゴロンとその場に倒《たお》れ込んだ。

日浦《ひうら》もすでにスマホをいじって、ふわぁっ、と意外にかわいらしいあくびをしている。

「ひとつ、別件で聞きたいんだけど」

別件、というところを強調しつつ、俺は言った。

ふたりが、目線だけで反応をよこす。

「同時に大勢を好きになる、っていうのは、どういう現象だと思う？」

「大勢って？」

と、すぐさま玲児《れいじ》。

「まあ……十人とか二十人とか。そういう、普通《ふつう》じゃない数だ」

「ビッチ。男なら、サルだな」

これは日浦《ひうら》だ。

物言いがもはや、女子とは思えない。今さらだけども。

「シンプルにそれだけか？　つまり、ただそいつの恋愛《れんあい》スタイルの問題ってことか？」

「さあな。処女のあたしが知るわけないじゃん」

「しょっ！　おまっ！　あほ！　女の子がそういうこと言うんじゃありません！」

「へー、日浦《ひうら》、処女なのか」

「うん」

「おいっ！　広げるな！　答えるな！」

俺が怒鳴《どな》っても、日浦《ひうら》と玲児《れいじ》はどこ吹《ふ》く風だった。

なんてこった……。まるで俺がおかしいみたいに……。

「……玲児《れいじ》はどう思う？」

「べつに、ただめちゃくちゃ惚《ほ》れっぽいってだけじゃねーの。どういう現象もなにも」

「まあ……そうなんだけどさ。なんでそんなことが起こるのかなって」

「そんなことが起こってんの？」

「あ、いや……もしもの話だよ」

「もしも、ねぇ」

玲児《れいじ》はしばらく考えたあと、両手のひらを上に向けて肩《かた》をすくめた。知らん、のジェスチャーだ。

さすがの玲児《れいじ》でも、こればっかりはわからないか……。まあ、仕方ない。

「でもかわいい子がいっぱいいて、ひとりに絞《しぼ》れないってのはわかるぞー。悪いことじゃないだろ。浮気《うわき》さえしなけりゃ」

「そこだけはマジメだな、お前は」

「全部マジメですぅー」

玲児《れいじ》のそのセリフを最後に、話題は午後の授業のことに移っていった。

◆◆◆

放課後は、また有希人《ゆきと》のカフェで湊《みなと》と落ち合った。

ただ、この日は店がやけに忙《いそが》しく、俺は客足が止《や》むまで仕事を手伝うことになった。

小一時間ほど注文と配膳《はいぜん》をさばいて戻《もど》ると、いつものテーブルで湊《みなと》が待っていた。

「悪い。でも、今日は帰ってくれてもよかったんだぞ？」

「ううん、せっかく来たから。ただ、混んでるのにずっと席使わせてもらっちゃって、少し申し訳なかったわ……」

「いや、順番待ちが出るほどじゃなかったから、気にするなよ」

「そ、そう？」

俺が頷《うなず》くと、湊《みなと》はホッとしたように小さく息を吐《は》いた。相変わらず律儀《りちぎ》なやつだ。

「勉強してたのか？」

テーブルの上には、英語の教科書とノートが広げられていた。どっちにも書き込みがやたらと多く、ページもくたびれている。

「成績いいとは聞いてたけど、やっぱりちゃんとやってるんだな」

「……当たり前よ、天才じゃないんだから。それに久世高《くぜこう》って、みんな賢《かしこ》いでしょう」

湊《みなと》はどこか居心地《いごこち》が悪そうに答えた。

たしかに、言ってることは正しいんだろう。

けれど、努力して上に行こうっていう意志は、誰《だれ》でも持てるものじゃない。高校生には誘惑《ゆうわく》が多いから、特にだ。

「明石《あかし》……い、伊緒《いお》はどうなの？　成績」

「さあ、今日もやるぞー相談」

「……なんとなくわかったわ」

わかられてしまった。

いいんだよ、久世高《くぜこう》に入れただけでも上出来なんだから、俺は。

ところで、湊《みなと》もしっかり、俺の名前呼びは継続《けいぞく》しているらしかった。さすがにまだ照れくさいが、そのうちお互《たが》い慣れるだろう。

それから、俺は前回同様、一度湊《みなと》の頬《ほお》に触《ふ》れ、好きな相手が変わっていないかどうかを確かめた。

すると、今回は追加こそなかったものの、初めてのパターンに出くわした。

「……減ってるな」

「えっ……ほ、本当？」

複雑な表情で、湊《みなと》が聞いてくる。

念のためもう一度触《さわ》ってみたが、やっぱりひとり減っている。

ノートのリストと見比べてみると、それが以前柚月《ゆづき》にフラれた、あの松本《まつもと》であることがわかった。

「うーん、さらば松本《まつもと》。お前のことは忘れない」

「い、いつの間に……」

「っていうか、自覚はないのか？　これにも」

「え、ええ……。今までも、好きだった人を知らないうちに意識しなくなってる、ってことはあったけど……」

「……ふむ」

まあ、際限なく好きな相手が増え続ける、ってことはないだろうしな。

それに、恋心《こいごころ》が消えるタイミングなんて、柚月《ゆづき》じゃなくても明確にはわからないのが普通《ふつう》だろう。

「もちろん期待はしてないけど、きっかけとか理由は……」

「……うん、わからない」

ですよねー。好きな理由がわからないんだから、当然だ。つまり、特に進展はなし、か。

「相手を好きになる理由も、特定の好みのパターンもわからないとなると」

「……どうするの？」

「情報がいるな」

俺の言葉に、湊《みなと》は不安げに首を傾《かし》げる。

「じ、情報って……？」

「昨日の青木《あおき》のハンカチの件で、湊《みなと》が人を好きになるのに、付き合いの長さは関係なさそうだってことはわかった。青木《あおき》とは、それまで話したことなかったんだからな」

「う、うん」

「なら、こうやって好きな相手が増えるたびに、条件をちょっとずつ絞《しぼ》り込んでいけばいい。サンプルを増やして、結論を導く」

もうすでに好きになってる相手からは、精度の高い情報は得にくい。となると、やっぱりこの方法がベストだと思える。数で勝負だ。

「ち、ちょっと待って！　それって要するに、もっと好きな人を増やせっていうこと……？」

「そうだな」

「い、いやよそんなの！　本末転倒《ほんまつてんとう》じゃない……！」

湊《みなと》は抗議《こうぎ》するような口調で叫《さけ》んで、俺を睨《にら》んだ。

だが、俺はすぐに切り返す。

「違《ちが》う。それこそ本末転倒《ほんまつてんとう》だ」

「っ……！」

「お前の目的は、好きになる相手を減らすことじゃない。惚《ほ》れ癖《ぐせ》自体を直すことだ」

「……それは」

「もちろん、前向きになれないのはわかる。人を好きになるのだって、楽じゃないからな。でも改善するためには、失敗も必要だ。それも、ちゃんと意味のある失敗が」

湊《みなと》は心底困ったように、口を閉ざして俯《うつむ》いた。

きっと、俺の言葉に納得《なっとく》できてしまったんだろう。それでもこの方策には気が進まず、決心できずにいる。そんなところか。

「そして俺は、これがその、意味のある失敗だと思ってる。どうしてもいやなら、無理にとは言わない。けど、絶対に直したいんだろ」

「……」

湊《みなと》は、まだなにも言わなかった。

『なんでもする』を使ってもいいのかもしれない。

だが、これは湊《みなと》の恋愛《れんあい》に、直接関係する問題だ。できれば自分で決めた方がいい。でないと途《と》中《ちゅう》で迷ったり、後悔《こうかい》したりするかもしれないからだ。

俺は黙《だま》って、湊《みなと》が口を開くのを待っていた。カチャカチャと食器がぶつかる音や、周りの客の話し声がかすかに響《ひび》く。

有希人《ゆきと》が趣味《しゅみ》でかけているジャズのトラックが終わったところで、ようやく湊《みなと》が言った。

「わかった……。伊緒《いお》の、言う通りにする」

「……そうか」

湊《みなと》は深く、そしてゆっくりした動きで頷《うなず》いた。

自分で決められたなら、それが一番だな。

「……ねぇ、気になってたんだけど」

「ん？」

「あなたって……いつもこんな感じなの？」

「いつも？」

いつもって、いつだ？

「ほら……天使の相談、してるときとか」

「……ああ」

そういうことか。

「なんか、必死っていうか……本気よね。自分のことじゃないのに」

「そりゃな。でなきゃもともとこんなことも、噂《うわさ》の自演もしないよ。他人の恋愛《れんあい》なんて、中《ちゅう》途《と》半端《はんぱ》な覚悟《かくご》で背負いたくないからな」

「……そう」

短く言って、湊《みなと》はふいっと、俺から顔をそらした。店内に目を向けて、綺麗《きれい》な横顔で二、三度瞬《まばた》きをする。

自分で答えておきながら、俺はなんだかむず痒《がゆ》くなってしまい、ごまかすように付け加えた。

「でも強《し》いていえば、向こうでは性別も隠《かく》して、ボイチェンも使ってるから、言葉遣《ことばづか》いとかは多少変えてるぞ？　威厳《いげん》が出るようにしてな。一人称《いちにんしょう》も『私』だし」

「……はぁ。そんなのどうでもいいわ」

「おいっ。そんなのって言うな。ため息つくな」

「はぁ、そんなの、はぁ」

「こら。ため息でサンドすんな」

俺のツッコミに、湊《みなと》はかすかにフッと噴《ふ》き出《だ》して、肩《かた》を震《ふる》わせていた。

◆　◆　◆

翌日の朝から、俺たちはさっそく、それぞれ行動を開始した。

「よっ、町田《まちだ》」

「おー、明石《あかし》じゃん。どしたん？」

まず、湊《みなと》は今までよりも、積極的に男子と関わりを持つよう努める。もちろん、新しく好きになる相手を、なるべく増やすためだ。

ただ、変に意識すると空回りしそうなので、リラックスしろ、とは伝えてある。まあ、そのときからもうガチガチだったけれど。

「いや、ちょっとなー」

「なんだよ、変なやつ」

対して、俺のやることもシンプルだ。

すなわち、そうやって男子と絡《から》む機会の増えた湊《みなと》の様子を、可能な限り、見る。

そしてそのために、俺は朝、一限開始前からこうして、湊《みなと》の所属する二年七組の教室にやってきているのだ。

ちなみに、この町田《まちだ》は去年俺と同じクラスだった男子で、今回は湊《みなと》の監視《かんし》中、居場所に使わせてもらうつもりだ。よそのクラスで、ひとりで突《つ》っ立《た》ってるわけにはいかないからな。

「あ、もしかしてお前も柚月《ゆづき》さん目当てか？　かわいいもんなー」

「あーいや、まあ、実はな……。ちょっと、気になってる」

冗談《じょうだん》半分で言ったであろう町田《まちだ》に、そんなふうに返してみる。と、町田《まちだ》は驚《おどろ》いたように叫《さけ》んで、キラキラと目を輝《かがや》かせた。

「えー！　マジ？　明石《あかし》って、女の子に全然興味なさそうだったから、超《ちょう》意外だわ」

「興味あるぞー、めちゃくちゃ。それに、柚月《ゆづき》は特別だ」

「まあそれはわかるけどさー。いやー、そうかそうか」

なにが嬉《うれ》しいやら、町田《まちだ》はニコニコしながら肩《かた》を組んできた。信じてくれたのはありがたいが、普通《ふつう》にちょっと暑苦しい。

けれど、これで怪《あや》しまれずにここに来られる。悪いが利用させてもらうぞ、町田《まちだ》よ。

「もう来てるぞ、柚月《ゆづき》さん。ほら、あそこ」

町田《まちだ》が示した方へ、俺も視線を送る。すると、今日も抜群《ばつぐん》の美少女オーラを放った湊《みなと》が、自分の席にポツンと座っていた。

っていうか、おい、座ってるじゃねぇか。

ふと、湊《みなと》がこちらをちらりと見た。俺と目が合い、またすぐに前に向き直る。さっきまでと比べて、明らかに表情が硬かった。

「おぉっ？　今、こっち見なかったか？　もしかして、明石《あかし》に脈あり？」

「かもな」

と、そんなわけはない。あれは俺がいるのに気づいて、自分もなにかしなきゃと焦《あせ》り始めただけだ。

町田《まちだ》の質問を適当に受け流しながら、俺はぼんやりと、湊《みなと》の周りを見渡《みわた》した。

遠巻きからあいつを見ている男子が、ちらほらいる。それに、女子も何人か。表情や目つきも様々だ。

これは……やりにくそうだな。普段《ふだん》からこんな感じなのか。美少女も大変だ。

湊《みなと》はおもむろに、すっくと立ち上がった。それから、近くの男女数人グループに、ぎこちなく声をかける。湊《みなと》本人も、そのグループも、お互《たが》いに少し緊張《きんちょう》感がある。

ただそれでも、普通《ふつう》に会話には混ざれているようで、なごやかな空気になっていた。

俺はひどい安堵《あんど》を感じて、思わずほっと息を吐《は》いた。

なんだか、子どもを見守る親みたいな気分だな……。

「あれ？　柚月《ゆづき》さん、珍《めずら》しいな。いつもは大抵《たいてい》、藤宮《ふじみや》さんと一緒《いっしょ》なのに」

「藤宮《ふじみや》？」

っていうとあれか。日浦《ひうら》のやつが昨日話してた、湊《みなと》の唯一《ゆいいつ》親しい友達のことか。

「あ、ちょうど来たな」

町田《まちだ》の視線を追って、教室の入り口に目を向ける。

毛先が内側に緩《ゆる》くカールした、栗色のミディアムヘア。綺麗《きれい》に切《き》り揃《そろ》えられた前髪《まえがみ》の下には、ラウンド型の赤縁《あかぶち》眼鏡。その奥のぱっちりしたたれ目が、キョロキョロ動いている。

湊《みなと》よりも少し低い身長と、丸い輪郭《りんかく》がかわいらしさを醸《かも》し出《だ》す。華《はな》やかで、けれどおとなしい女の子、というような印象だった。

湊《みなと》の友達というだけあって、存在感がある。いや、それはべつに関係ないか。

藤宮《ふじみや》はカバンを席に置いて、すぐに湊《みなと》に合流した。同じようにグループに混ざって、会話を始める。

彼女が来たせいか、湊《みなと》の表情も柔《やわ》らかくなっているような気がした。

「藤宮《ふじみや》さんもかわいいよなー。俺、実は柚月《ゆづき》さんよりタイプだもん」

「まあ、美人だな。あと、気が強そうだ」

穏《おだ》やかな雰囲気《ふんいき》なのに、なんとなくそんな感じがする。静かな気迫《きはく》、ってやつか？

「そこがいいんだよ〜。あの地味っぽさも絶妙《ぜつみょう》でたまらん。いつも柚月《ゆづき》さんの隣《となり》にいるせいで目立たないけど、プラスフォーに入ってもおかしくないと思う、藤宮《ふじみや》さんは」

「ふーん。プラスフォーね」

まあ、その一角の日浦《ひうら》よりは、少なくともモテそうだな。見た目だけならいい勝負だけど。

「あーあ、俺にも天使の相談来ないかなー。そしたらなー、藤宮《ふじみや》さんとなー」

「……町田《まちだ》、天使の噂《うわさ》信じてるのか」

「だっておもしろいじゃん！　それに、なんかマジっぽいんだよなぁ、俺の直感では」

「ふぅん。意外だな」

ありがとな町田《まちだ》。ただまあ、お前を相談に招く予定は、当面ないけどな。いろんな理由で。

「なんだよー。明石《あかし》は信じない派か？」

「あんまり興味ない派」

「一番つまんないなぁ」

悪かったな、つまんなくて。でもこの立場でいるのが、一番安全なんだよ、本人としては。

その後は特に何事もなく、一限開始の時間になった。

今日は一日中、いや、これからしばらくは、こういう監視《かんし》生活が続くことになる。

俺は少しだけ重い足取りで、七組を出た。去り際、ちらりと湊《みなと》と目が合い、俺たちは人知れず、お互《たが》いを励《はげ》ますように頷《うなず》いた。


俺はこの日、授業間や昼休みにも、自分のクラスを抜《ぬ》け出《だ》して七組を訪ねた。

町田《まちだ》の話に雑な相槌《あいづち》を打ちながら、湊《みなと》の行動を眺《なが》める。

向こうも俺の存在には気づいているようで、しっかりいろんな相手と交流を持っていた。さすがにマジメだ。

「柚月《ゆづき》さんって、部活やってないんだよね？　普段《ふだん》家でなにしてんの？」

ひとりの男子が、興味津々《きょうみしんしん》という様子で尋《たず》ねた。

今は軽そうな男子三人組と藤宮《ふじみや》、合わせて五人で話している。

「え、えっと……まあ、普通《ふつう》にいろいろ。本読んだり、テレビ見たり、とか」

「へーぇ。テレビ見るのは、なんか意外」

「そ、そう？」

「あ、わかるわかる。本は読んでそうだけどなー」

それは俺も、ちょっと同感だ。あとはたぶん、言ってないだけで勉強もしてるんだろうけど。

「でも、よく私と遊びに行くもんね？」

と、今度は藤宮《ふじみや》だ。湊《みなと》の腕《うで》を抱《だ》き締《し》めながら、ニコニコと話に加わっている。

「そういえば、柚月《ゆづき》さんと藤宮《ふじみや》って超仲《ちょう》いいよな。去年同じクラスとか？」

「うん。湊《みなと》って友達少ないから、クラス替《が》え心配だったよー」

「もうっ、やめてよ詩帆《しほ》……！」

恥《は》ずかしそうな湊《みなと》の反応に、あははとみんなが笑う。

すぐに分かったことだが、町田《まちだ》の言葉や今の会話の通り、藤宮《ふじみや》はいつも湊《みなと》のそばにくっついていた。だが決してつきまとってるという印象ではなく、お互《たが》いに心を許した友達、という感じだ。

なにをして、誰《だれ》と話すにしても、基本的に湊《みなと》と藤宮《ふじみや》はセットだった。

「え！　じゃあ友達なろうよ柚月《ゆづき》さん！　ＬＩＮＥ教えて！　ＬＩＮＥ！」

「俺も俺もー！」

「えっ……ええ。じゃあ……はい」

湊《みなと》は困ったように、けれど素直《すなお》に、連中にスマホを差し出した。やっぱりマジメだ。

けれど、もちろんこれでいい。こうやって交友関係を広げて、好きな相手を増やす。それが今のあいつの、いや、俺たちの目的だ。

ところで、相手の男子たちは「うおぉ――――!!」と叫《さけ》んで、興奮した様子でスマホを振《ふ》り回《まわ》していた。その声に、周りのやつらの注目まで、そっちに集まっている。

……なんとなくだが、見てていい気はしないな、この光景は。

「あーあ、明石《あかし》、先越《こ》されちゃったな」

隣《となり》にいた町田《まちだ》が、ニヤニヤしながらそう言ってきた。

だが残念ながら、越《こ》されてはいない。LINEなんて、初めて話した日にもう交換《こうかん》してあるからな。

べつに張り合うつもりはないけども。

「でも柚月《ゆづき》さん、どうしたんだろなー。前はあんまり、みんなと話してなかったのに」

「……あれくらいの雑談、普通《ふつう》だろ」

「うーん、そうかなぁ」

町田《まちだ》は不思議そうに首を傾《かし》げながら、また湊《みなと》の方に目をやった。

事情から察するに、湊《みなと》が周りとの関わりを控《ひか》えてたのは、好きな相手を極力増やさないためだろう。

だが今回の湊《みなと》の行動は、それとは完全に真逆だ。町田《まちだ》と同じように、違和感《いわかん》を持つやつが出てくるのは避《さ》けられない。

いろいろ気乗りはしないだろうけど、頼《たの》むぞ、湊《みなと》。

「まあ、近寄りがたいのより全然いいけどさ、俺的には」

「藤宮《ふじみや》派じゃなかったのか、お前は」

「どっちかというと、な！　かわいい女の子はみんな好きなの！」

「さいですか」

「あ！　でも安心しろって。明石《あかし》のライバルになる気はないからさー」

　またニヤニヤとして、町田《まちだ》は楽しげに頷《うなず》いていた。

　作戦のためとはいえ、だんだんウザくなってきたな……。


　放課後は湊《みなと》をカフェに呼んで、また頰《ほお》に触《ふ》れた。今日の行動の結果、好きになった相手がいるかどうか確かめるためだ。

　もしいれば、それが誰《だれ》で、そいつと湊《みなと》のあいだに今日なにがあったのか、ふたりで思い出していくことになる。そのための交流の拡大と、俺の監視《かんし》だ。

「ど……どう？」

　湊《みなと》は恥《は》ずかしそうに、俯《うつむ》いたまま言った。

　今見えたものと手元のリストを比《ひ》較《かく》して、俺は答えた。

「おお、ひとり増えてるな」

「……やっぱり」

自覚があったのだろう。はぁ、っと固い息を吐《は》いて、湊《みなと》が首を振《ふ》る。

「これは、あいつだな。二限のあとに、お前に普段《ふだん》なにしてるのか聞いてた、あの男子」

「稲田《いなだ》くんでしょ……。もーぉ……」

湊《みなと》はテーブルに突《つ》っ伏《ぷ》すように項垂《うなだ》れて、ううんと唸《うな》った。

こうなるためにやってるんだから、バッチリ成功だ。が、素直《すなお》に喜べない気持ちはよくわかる。

「とりあえず、ひとり目お疲《つか》れ、湊《みなと》」

「……疲《つか》れたわ、ホントに」

「正直、思ったより頑張《がんば》ってて、驚《おどろ》いた。しかも、ちゃんと成果も出てるしな」

「だって……自分の問題だもん。やらないと……」

そう言いつつも、湊《みなと》は顔を伏《ふ》せたままだった。ずいぶん疲弊《ひへい》しているらしい。

もっと労《いたわ》ってやりたいが、この先何度も繰《く》り返《かえ》すんだから、キリがないのも事実だ。

「なんで好きになったのかは、今回もわからないか？」

「……うん。話したのはあのときだけだから、そこでなにかあったんだとは思うけど……」

「っていっても、やってたのは普通《ふつう》の会話と」

「……連絡先《れんらくさき》の交換《こうかん》くらいね」

湊《みなと》が、テーブルの上のスマホをちらりと見る。

「……LINEを聞かれて、それで好きになったのか？」

「だ、だから！　……わかんないもん。違《ちが》う、とは思うけど……」

ふむ。まあ仮にそうだとしたら、さすがにちょろすぎるか？

けど、要素として無視はできないな。ひとまず、メモしておこう。

「ちなみに、なにかやり取りはしたのか？」

「う、うん……少しだけ」

答える湊《みなと》の顔が、また赤くなる。ただ照れているというよりも、本当に少し嬉《うれ》しそうだ。

こう言っちゃなんだが、その表情はたしかに、恋《こい》する乙女《おとめ》のそれに見えてしまう。

ただ湊《みなと》の場合、こうなる相手が何人もいるというのが、やっぱり普《ふ》通《つう》の恋《こい》する乙女《おとめ》とは違《ちが》うところだな。

「それで、なんて？」

「……今度、どこか遊びに行かないかって」

ほぉ。手が早いな、稲田《いなだ》とやら。

見た感じリア充《じゅう》っぽかったし、積極性もあるらしい。恋愛《れんあい》においては、基本的にいいことだ。

「ふたりでか？」

「う、ううん！　何人か誘《さそ》うから、親睦《しんぼく》会やろうって」

親睦《しんぼく》会ねぇ。本心か、口実か。

まあ時期的に考えれば、提案としておかしくはないけどな。

「ね、ねえ伊織《いお》……。これって、どうすればいいの……？」

「ん？　いや、難しいな。その外出はさすがに監視《かんし》できないから、行かないでくれた方が、状《じょう》況《きょう》はややこしくならないで済む。けど、そこまで強制はしたくない、ってのが実際だ。本当に目的が親睦《しんぼく》会なら、お前の付き合いも大事だからな」

「そ、そう……」

湊《みなと》は難しそうに、形のいい顎《あご》に手を当てた。

「まあ、そっちの判断は任せる。好きにしてくれ」

「う、うん、わかったわ。ちょっと考える」

言って、湊《みなと》はスマホを開き、なにやら文字を打《う》ち込《こ》んでいた。たぶん、稲田《いなだ》への返事だろう。

画面を見る目からは、感情がいまいち読み取れない。

しかし、ふむ、親睦《しんぼく》会か……。

次の日も、湊《みなと》は自分の役目を黙々《もくもく》と遂行《すいこう》していた。

疲《つか》れるだろうに、特に仲よくもない相手に、どんどん話しかけにいく。それから、たまに休憩《きゅうけい》するように、自分の席でぐったりしている。

そういう性格なんだとは思うけれど、かなりストイックだ。

普段《ふだん》の天使の相談では、大抵《たいてい》の相談者は俺の指示にも、なかなか従わない。勇気が出なかったり、踏《ふ》ん切《ぎ》りがつかなかったりするんだろう。

連中にも、湊《みなと》の行動力を見習ってほしいところだ。

もちろん、その頑張《がんば》りに報《むく》いれるように、俺も可能な限り七組に出張った。町田《まちだ》の話を聞き流し、湊《みなと》の行動を見て、出来事を記憶《きおく》する。

俺がサボるわけにはいかないからな。

「お前もよく来るねぇ。そんなに入れ込むとは、相当だな」

「まあな。ぞっこんだから、俺」

昼休み、持参したパンを齧《かじ》りながら、また湊《みなと》を監視《かんし》する。

湊《みなと》は藤宮《ふじみや》と一緒《いっしょ》に男女のグループに混ざって昼食を摂《と》り、それなりに楽しげに話していた。

どんなグループに声をかけても受け入れられてることからも、湊《みなと》の人気が窺《うかが》える。

ところで、今回は少し、気になることがあった。

「ゆ、柚月《ゆづき》さんっ。五限の数学の課題、やった？」

ひとりの男子が、湊《みなと》にそう声をかけた。

そいつはなにを隠《かく》そう、俺が天使として相談を受けている、牧野康介《まきのこうすけ》だった。

「え、ええ。演習問題二ページ……よね」

「うん……そっか。あのさ……わかんないとこあったから、ちょっとあとで、教えてくれないかな……？」

「え？　……い、いいわよ。私も、そんなに自信ないけど……」

「ホント！　あ、ありがとう……！」

そんなふうにして、牧野《まきの》と湊《みなと》の会話が終わる。ふたりとも、明らかに顔が赤く、緊張《きんちょう》しているように見えた。

「あ、そういえば牧野《まきの》。あいつって普段《ふだん》おとなしいのに、けっこう柚月《ゆづき》さんに話しかけてるんだよ」

俺の正面にいた町田《まちだ》が、小声気味で言った。

「……ふぅん」

「俺の読みじゃあ、あいつは柚月《ゆづき》さんのこと好きだな。しかもかなりマジで。明石《あかし》にとってもライバルじゃね？」

「……そうかもな」

牧野《まきの》……最近は様子見れてなかったけど、やっぱり頑張《がんば》ってるんだな、お前は。

それに、牧野《まきの》は湊《みなと》の好きな相手のひとりでもある。奇《く》しくも両想《おも》いだ。

さすがに……気が重いな、これは。

その後、牧野《まきの》は湊《みなと》の席の近くに座って、ふたりでノートを見せ合って話していた。さっきの会話通り、課題を教わっているんだろう。

牧野《まきの》はもちろんだが、湊《みなと》もひどく照れたように、それから嬉《うれ》しそうに、互《たが》いに顔を寄せている。

たしか、玲児《れいじ》のやつが言ってたな。湊《みなと》は思わせぶりだ、って。

「……」

まあ、あれじゃあそう言われても、仕方ないかもしれないな。

けど、悪気があるわけじゃないんだ。ただ、あいつは本当に相手のことが好きで、それを隠《かく》すのが下手なだけなんだ。

「……はあ。ますます、気が重い」

俺のそんな呟《つぶや》きも、町田《まちだ》には気づかれていないようだった。

◆◆◆

ひとつ、思いついたことがあった。

『今週の日曜、あいてるか？』

そうＬＩＮＥすると、湊《みなと》はすぐに既読《きどく》をつけた。ついでに、返信も早い。

『あいてる。けど、なに？』

『ふたりで、どこかに出かけないか？』

また、すぐに既読《きどく》がつく。が、今回はなかなか、返信が来ない。

いや、たぶん勘違《かんちが》いしてるんだろうな、あいつ。面倒《めんどう》だからって説明を省くのは、やっぱりよくない。

『電話する』

そう送ってから、俺は湊《みなと》に通話をかけた。コールが三度、四度鳴る。スマホは手元にあるはずなのに、取るのが妙《みょう》に遅《おそ》い。

『も、もしもし……？』

「よう」

『……急に、どうしたの？　そんな……ふたりで……なんて』

「思ったんだよ。場所が学校だけだと、情報が偏《かたよ》るんじゃないかって」

『……えっ』

つまりこういうことだ。

湊《みなと》が新しく好きになる相手、それが学校の男子だけだと、サンプルがワンパターンになりかねない。

いろんな、しかも大勢の相手に薄《うす》ーく接点を持てて、かつ、俺が監視《かんし》できるという条件を満たす、ほかの実験。まあ言葉は悪いが、それのために、どこかに出かけるのがいいんじゃないか、と。

「どうだ、このアイデア。鋭《するど》いだろ」

ちなみに、稲田《いなだ》とやらの『親睦会《しんぼくかい》』から着想を得た。外出する、というのはいい手だ。

『……り、理屈《りくつ》はわかったけど』

「けど、なんだよ」

『それってまるで……デ……』

「ん？　……ああ、まあ、かたち上はデートみたいなもんだ」

『ふぇっ⁉』

受話器の向こうで、湊《みなと》の変な声がした。

「いや、かたちはな？　けど、お互《たが》いにそう思ってなければ、中身は違《ちが》うだろ。それに、今回はお前の好きな人が増えるかどうか調べるっていう、明確な目的がある」

べつに、俺だってなんとも思わないわけじゃない。けれど、あくまで気持ちの問題。気にするだけ無駄《むだ》だ。

『……わ、わかったわよ！　でも……その……』

「なんだ」

『……初めてだから、なにかおかしくても許してね……？』

「だからデートじゃないって！　気にせず来い！」

やれやれ……せっかく意識しないようにしてるのに、やめてくれよ……。

……俺だって、緊張してるんだから。


そして、来たる日曜。

湊《みなと》とは、JR京都《きようと》駅の中央改札前で待ち合わせた。あの、京都《きようと》タワーがある方の出口だ。

「……お待たせ」

「お、おう……」

あえて電車を一本ずらした関係で、到着《とうちやく》は俺の方が少し早かった。ちなみにうちの最寄《もよ》りから京都《きようと》駅までは、なんと電車で十分しかかからない。久世《くぜ》高《こう》からだって、京阪《けいはん》を経由しても、わずか二十五分。滋賀《しが》県のあのあたりと京都《きようと》駅は、実はかなり近いのだ。

密《ひそ》かにすごいぞ、滋賀《しが》県。自慢《じまん》に京都《きようと》までの距離《きより》を持ち出すところも、まさにB級都市って感じだ。まあ琵琶湖《びわこ》の反対側とかになると、普通《ふつう》に遠いけどな。

いや、違《ちが》う。今はそんなことは、ひたすらどうでもいい。

「……お昼、済ましてきたけど、よかったのよね？」

「あ、ああ。それでいいよ……」

初めて見る私服姿の湊《みなと》は、なんというか、とにかく綺麗《きれい》だった。

袖口《そでぐち》が広く、胸元《むなもと》に大きなリボンのついた、華《はな》やかな白いブラウス。薄《うす》い緑のロングスカートにはスリットが入り、時折ちらりと覗《のぞ》くふくらはぎが眩《まぶ》しい。肩《かた》に掛《か》けた黒いカバンもアクセントになって、全体的にシンプルだが嫌味《いやみ》なく人目を引く、ような気がする。

加えて、知ってる顔と出くわすとマズいので、今日の湊《みなと》はピンクのマスクに伊達《だて》メガネなのだが、それもまためちゃくちゃに似合っている。顔が半分しか見えていないのに、圧倒的《あっとうてき》なオーラだ。

さすが久世《くぜ》高《こう》三大美女、やっぱり凄《すさ》まじい。

ちなみに、俺も念のため黒マスク着用だ。こっちはなんのおもしろみもないので、説明は以上とする。

「……行くか」

「え、ええ……」

なんともぎこちない空気のまま、俺たちは並んで歩き出した。大通りを北上して、最初の目的地を目指す。

「今日は、特になにも意識しなくていいのよね……？」

「ああ。普通《ふつう》に買い物して、普通《ふつう》に帰る。それで好きな相手が増えても、増えなくても、どっちにしろヒントになるからな。ちょっとずつ、確実に可能性を絞《しぼ》っていくのが重要だ」

そう、あくまで今日は、惚《ほ》れ癖《ぐせ》を直すヒントを得るのが目的だ。デートではない。

ただ、そうはいってもせっかくの外出だ。出かけるのに、なにもしないのはもったいない。

ということで、今日はお互《たが》いの買い物に付き合うことになっていた。

まずは俺の番。ターゲットはイヤホンだ。

「今日は思い切って、いいやつ買うぞ」

「好きなの？　イヤホン」

「好きだけど、まあ基本的には仕事のためだな」

ヨドバシカメラのエスカレーターを上りながら、そんな話をする。

「仕事って、天使の？」

「ああ。具体的には、自然に顔に触《さわ》るためだ」

ワイヤレスイヤホンのコーナーにたどり着いて、俺は目当ての商品を探した。

イヤホンの種類はかなり多いが、俺には俺なりの、選び方があるのだ。

「高いのとか珍《めずら》しいやつ持ってると、人に貸しやすいんだよ」

「……ああ、そういうこと」

「おう。顔に触《さわ》りたい相手がいたら、イヤホンの話題を出すんだ。『聞いてみ？』って。それで、そろそろ返せって言ってはずせば、そのときにちょっとだけ指先を頬《ほお》に当てられる。ミッション完了《かんりょう》だ」

「よく思いつくわね、そんなの……」

「試行錯誤《しこうさくご》の末な。髪《かみ》のホコリを取るフリも便利だけど、やりすぎて怪《あや》しまれたことあるし」

顔に触《ふ》れるための手段は、当然多い方がいい。ワンパターンだと不自然だからな。

今回湊《みなと》にバレたのは、まあ特例と考えていいだろう。

「骨伝導とか、ノイズキャンセリングのタイプが有効だ。着けてみたい、って思われやすい。高いけど。おかげで、なけなしのバイト代がパァだ」

「えっ……お金、全部これに使ってるの？」

「ホントに全部ってわけじゃないけど、けっこうな。仕事への投資は惜《お》しまないたちなんだ。……ひぇっ、これが二万……！」

「……ねぇ。どうしてそこまでするの？」

新商品の値札を見てガックリしていた俺に、湊《みなと》はそんなことを聞いてきた。

「そこまでって？」

「前にもちょっと話したけど、お金の使い道もだし、私の相談にも、不思議なくらい真剣《しんけん》に乗ってくれるでしょ。だから、どうしてなんだろう、って……」

「……ああ」

まあ、聞かれるのも当然、かもしれないな……。

さて、なんて答えたもんか。

「正直私、あなたに頼《たの》んだときは、ここまで本気になってくれると思ってなかった。天使の噂《うわさ》とちからに期待してたっていうのは、本当だけど」

「……そう思ってくれてるのは嬉《うれ》しい。でもまあ、なんだ……ポリシーなんだよ。こだわりっていうか。いや、だからなんでそのこだわりがあるんだ、って話だと思うけど……」

「これも……言いたくないこと？」

「……まあ、そんな感じだ。話すほどのことじゃないよ。気にしないでくれ」

言い訳とも呼べないような、苦しい返答。でもヘタにごまかすより、こっちの方がまだマシだろうと思った。

それに、たぶん湊《みなと》なら……。

「わかった。ごめん、伊緒《いお》。余計なこと聞いたわ」

「いや、いいよ。むしろ濁《にご》してばっかりで、すまん」

相手の事情だけ聞いて、自分はだんまり。いつものことだっていえばそれまでだけど、罪悪感はもちろんある。こうして相談者に顔まで見せてるときは、なおさらだ。

けれど、湊《みなと》は全然気にしていない様子で、ショーケースに入った高級イヤホンを眺《なが》めていた。さっきの話題のことなんて、もうすっかり忘れたような顔だ。

俺も、お前のそういう対応には、ホントに感謝してるんだよ、湊《みなと》。

「私イヤホンって、スマホ買ったときについてたやつ、ずっと使ってるわ。買《か》い換《か》えた方がいいの？」

「それで困ってないなら、なんでもいいよ。音楽とか動画とか、けっこう見るのか？」

「ううん。音楽はたまに。でも髪《かみ》長くてコードが邪魔《じゃま》だから、あんまり好きじゃないの」

「へぇ、男のロマンの黒髪《くろかみ》ロングに、そんなデメリットが」

「長い人みんながそうってわけじゃないと思うけど、私はね」

最後に「なによ、ロマンって……」と付け加えて、湊《みなと》は試着の有線イヤホンをひとつ着けた。

暗めの赤がよく似合うが、たしかに若干《じゃっかん》、邪魔《じゃま》そうにも見える。

「……なら今度、一個やるよ。余ってるやつ」

「えっ？」

「一回しか使ってないワイヤレスのがあるから、それでよければ。安物だけど」

「い、いいの？　ホントに？」

「ああ。通販《つうはん》で買ったんだけど、耳に合わなくてさ。それならコードもないし、ちょっとは着けやすいんじゃないか？」

「……うんっ。ありがとう、ほしい」

湊《みなと》はコクンと頷《うなず》いて、少し目を細めた。マスクで口元は見えないが、喜んでるんだと思う。

なんだか非常に、もったいない気分だ。

話せない代わりに、って言っちゃなんだけれど、これで許してくれ、湊《みなと》。

結局、俺はノイキャンワイヤレスで防水つきの、ジェイビーエルの新商品を買った。しめて一万五千円なり、久しぶりの奮発だ。またバイトに精を出さねば。

その後はエレベーターに乗り、六階の大垣《おおがき》書店を目指す。今度は湊《みなと》の買い物だ。本屋には俺も用があるので、ありがたい。

「……あっ、そうだ。湊《みなと》」

「なに……？」

不意に声をかけた俺に、湊《みなと》が怪訝《けげん》そうな目を向ける。

エレベーターの中はふたりきり。ちょうど、チャンスだ。

「時間がない。許せよ」

「へっ？　ちょっ⁉　ひぁっ！」

マスクの紐《ひも》の隙間《すきま》から、湊《みなと》の頬《ほお》にサッと触《ふ》れる。「隙《すき》あり」、とか言うと本気で怒《おこ》られそうなので自重した。

直後、ドアが開いて人が入ってくる。

俺たちは何事もなかったように黙《だま》って、六階に着くのを待った。

「ちょっと伊緒《いお》！　突然《とつぜん》やめてよ！　びっくりするでしょ！」

エレベーターを出るなり、湊《みなと》が眉《まゆ》を吊《つ》り上《あ》げて怒鳴《どな》った。マスクの下で、頬《ほお》がプクッと膨《ふく》らんでいそうだ。見たい。

「いやぁ、悪かったって。ただ、駅から今までのあいだに、誰《だれ》かのこと好きになってないか、確かめといた方がいいなって。いいだろ？」

「だとしても、触《さわ》るならちゃんと事前に言って！　変態！」

「わ、わかったよ……。ただ、すぐにドア開きそうだったし。外だとあんまりないだろ？　周りを気にせず触《さわ》れるタイミング」

「そうだけど！　べつに私……まだ慣れたわけじゃないんだからっ。もっと大事にしてっ」

「だ、大事にって……」

なんだそりゃ……。いやまあ、言いたいことはなんとなくわかる。

けど、それじゃあますますカップルみたいだぞ……。

「……それで、結果は？」

「あ、ああ。いや、増えてないよ、好きな人」

「……そ。でも、いいのよね？　これで」

「ああ。ただ、もし誰《だれ》かを好きになったら、できるだけすぐに察知したい。時間が経《た》ったあとじゃ、それがいつどこで会った相手なのか、わからなくなるからな」

「そ、そうね……。じゃあ、時々さっきみたいに、確認《かくにん》しないと……。それから、自覚があったら、伊緒《いお》に報告……ね」

言いながら、湊《みなと》はチラチラと俺の方を見た。

なんだ、やっぱりこの美少女、よくわかってるじゃないか。

そうこうしてるうちに、大垣《おおがき》書店にたどり着いた。

ちなみにこのあたりには、ほかにも大垣《おおがき》書店が一軒《けん》ある。京都《きょうと》駅の中と、駅の反対側にあるイオンモールだ。

本社が京都《きょうと》とはいえ、なんという大垣《おおがき》過密地帯。滋賀《しが》には、全域で一軒《けん》しかないのにな。

ちょっと譲《ゆず》ってくれよ。好きなんだよ、大垣《おおがき》。

「で、お目当ては？」

「あっち」

短く答えて、湊《みなと》は漫画《まんが》コーナーの方にスタスタと歩いた。俺もそれに続く。

「買いたい新刊って、漫画《まんが》だったのか」

「う、うん。……いいわよ、伊緒《いお》はほかのとこ見てても。買うもの、決まってるし」

「いや、ついてくよ。別行動中になにかあると、マズいからな」

「……そう」

湊《みなと》の応答は、どういうわけかぎこちなかった。だがその理由も、すぐにわかることになる。

全体的にピンクに染まった、その一画。

置かれている漫画《まんが》の表紙は、大抵《たいてい》がイケメンと美少女のイラストで、色使いも華《はな》やかだ。

「ほお、少女漫画《まんが》ね。意外な趣味《しゅみ》だ」

「わ、悪いっ？　おもしろいのよ！　ド……ドキドキするしっ。女の子もかわいいしっ」

湊《みなと》は怒《おこ》ったように、そして恥ずかしそうに、こっちを睨《にら》んだ。

なるほど、要するに少女漫画《まんが》を買うところを、俺に見られたくなかったってことね。

たしかに学校でのこいつのイメージとはちょっとズレるから、抵抗《ていこう》があるのもわかる。

でも残念だったな、湊《みなと》よ。その心配は的外れだ。

「いや、最高だろ少女漫画《まんが》。俺もよく読むしな」

「えっ」

湊《みなと》が目を丸くする。きっと今度はマスクの下で、ポカンと口を開けていることだろう。

「ドキドキするし、キュンキュンもする。しかも話もおもしろい。それに、俺は久世高《くぜこう》の天使だぞ？　恋愛《れんあい》の教科書として、学ばせてもらいまくりだ」

恋愛《れんあい》相談なんて、男心も女心も、理解してなきゃ無理だからな。

それにたとえフィクションでも、いろんなパターンの恋愛《れんあい》を見るのは勉強になる。

「そ、そうなんだ……」

「おう。あと恋愛《れんあい》小説とか、映画もな。好きなものは好きなんだから、仕方ない。バイト代はイヤホン以外だと、ほとんどこっちに使ってる」

言ってから、俺は新刊の平積みをザッと眺《なが》めた。

湊《みなと》も同じようにして、ふたりでうーんと悩《なや》ましい声を上げる。

「新作の一巻って、おもしろそうでも買うの迷うよな」

「あ、わかる。評判が出揃《でそろ》ったり、ある程度続いてからじゃないと、ちょっと不安よね」

「そうなんだよなー……。でも、あとで買ってもしおもしろかったら、一巻から応援《おうえん》しとけばよかったー！　ってなる」

「そう！　作家さんに申し訳ないのと、自分に見る目がなかったみたいで、悔《くや》しい」

「マジでそれだよなぁ」

そんなオタクトークをしながら、俺たちはひと通り棚《たな》を見て、お互《たが》いに数冊のコミックを確保した。その足で、今度は文芸ゾーンへ。

「実は、俺の今日の本命はこっちなんだよ」

「せっかくだし私も見るわ、小説」

オタクふたり寄れば財布《さいふ》の紐緩《ひもゆる》し。今思いついた言葉だが、的確だと思う。話が弾《はず》むと、どうしてもテンションが上がって欲《ほ》しいものも増える。今日はそんなに持ち合わせがないのが、かえってよかったかもしれない。

ところで、そういえば湊《みなと》は前に教室で、普段《ふだん》は家で読書している、と言っていた。漫画《まんが》趣味《しゅみ》のことを読書って表現したわけじゃなく、本当に小説も読むらしい。

文庫の棚《たな》で立ち止まる湊《みなと》にひと声かけてから、俺は単行本のコーナーへ。

目当ての新刊は、探すまでもなく大きく展開されていた。

「出たな、今回も……」

「買いにきたのって、これ？」

湊《みなと》が追いついてきて、俺の隣《となり》に並ぶ。爽《さわ》やかで上品な装丁《そうてい》の、その水色の本を手に取り、物《もの》珍《めずら》しそうに眺《なが》めた。

「単行本って、私買ったことないわ。いつも文庫」

「いや、俺も単行本買うのは、この作家だけだよ」

「このみ……なんて読むの？」

「『くちる』だ。このみ朽流《くちる》。全部恋愛《れんあい》小説だけど、どれもマジでおもしろい。文庫まで待てないから、単行本で追ってるんだよ」

「へぇ……初めて聞いた」

「デビューしたの、去年だしな。でも、今度デビュー作が文庫になるから、試《ため》しに読んでみな。飛ぶぞ」

「飛ぶ？　どういうこと？」

「いや、なんでもない」

そうだ、こういうのは通じないんだった。湊《みなと》がいくらサブカル好きっていっても、いろんな文化があるからな。

「このみ作品は、主人公に変なちからがあることが多いんだよ」

「変なちからって……伊緒《いお》みたいに？」

「うん。しかも、本当にそんなちからがあったら、たぶん人間はそうするんだろうな、って、そう思えるように書かれてる。だからハマるのかも、俺」

「共感する、ってこと？」

「簡単にいえばそうだな。まあ本に出てくるのは、テレポートできるとか、タイムリープできるとかだから、俺のより全然すごいけどな」

ヘタすりゃ世界征服《せいふく》とかできそうだし。俺のと違《ちが》って。

「でも、そっちは作り話でしょ？　伊緒《いお》のは、本当にあるんだし」

「わかんないだろ、そんなの」

「えっ……」

湊《みなと》が、ふいっとこっちを見る。俺は本のページを開いたまま、続けた。

「俺だってお前と家族、それから有希人《ゆきと》以外には隠《かく》してるんだ。もっといろんなちからを持ったやつらが、ホントはいるのかもしれない。俺が知らないだけで」

「……」

「もちろん、いないかもしれない。けど、たとえばテレビで怪奇《かいき》現象とか、未解決事件とか見ると、もしかして、そういうちからがあるやつの仕業なのかな、とか、けっこう本気で思う」

「……そう。でも……そうよね。伊緒《いお》にとっては、あり得ないわけじゃないんだし」

「ああ。まあ、実際会ったことはないけどな、俺以外の超能力者には」

そこで話を切り上げて、俺たちは各自で会計を済ませた。

このあとは、イオンモールに移動してテキトーにぶらつく予定になっている。

検証としては、一箇所《かしょ》にとどまるより場所を変えた方がいいだろうからな。

京都駅《きょうと》に戻《もど》って、大階段のひとつ下のフロアを進む。太い柱の陰《かげ》で一度湊《みなと》の頬《ほお》に触《ふ》れて、好きな相手が増えていないことを確かめた。

西口改札を過ぎたあたりで、隣《となり》を歩く湊《みなと》が言った。

「会ってみたいと思う？　ほかの、ちからがある人に」

「……どうかな。わからないよ、マジで」

「……そっか」

「まあ、どんなこと考えて、どんなふうに生きてきたのか……ちょっと、聞いてみたい気はするかもな」

聞いたからって、どうなるわけでもないけれど。

それに、俺ならあんまり聞かれたくない。

「でも、悪いやつかもしれないからな。ものによっては、悪用もできるだろうし」

「そうね」

「……」

「みんな……伊緒《いお》みたいな人ならいいのにね」

「……べつに、いいやつとは限らないだろ、俺も」

俺のその言葉にも、今度は湊《みなと》は、なにも答えなかった。

それから、俺たちはイオンモールの中の店を、適当に冷やかして回った。

途中《とちゅう》、無印良品のデカいクッションで休憩《きゅうけい》して、人目がない隙《すき》にサッと頬《ほお》にも触《ふ》れた。

六時を回った頃《ころ》に、カプリチョーザに入った。パスタを食べて、食後には飲み物を頼《たの》んだ。

結局、未《いま》だに湊《みなと》の好きな相手は増えていない。

学校では計画を開始した初日からひとり増えたので、やっぱり道すがらの相手に惚《ほ》れるということはないのかもしれない。

湊《みなと》本人も、今までにそういう一目《ひとめ》惚《ぼ》れを経験したことはないと思う、と言っていた。まあ、それが確認《かくにん》できるだけでも、収穫《しゅうかく》としては充分だ。

「なにか、わかりそう？」

「今日だけの情報じゃ、なにも。でも、明日からまた作戦再開だからな。そっちの成果も合わせれば、きっとなんとかなる」

そう答えてから、ストローをくわえる。久しぶりに飲むジンジャーエールがうまい。

「今日はこれで、もう解散なのよね？」

「ああ。最後にもう一回だけ触《さわ》って、確認《かくにん》はしたいけどな。べつに今でもいいぞ」

「……やだ」

湊《みなと》はフンっとかわいらしく鼻を鳴らして、そっぽを向いた。

普段《ふだん》は落ち着いたイメージがあるが、こうしてみるとけっこう感情が顔に出るやつだ。おかげで、からかい甲斐《がい》がある。

まあ、思わせぶりだ、っていわれる原因も、同じくここにあるんだろうけれど。

「ねぇ……ずっと、聞こうか迷ってたんだけど」

「……おう」

「あのとき、下駄《げた》箱で私に触《さわ》ったのは……どうして？」

「……」

あのとき、下駄《げた》箱。

それは、初めて俺が湊《みなと》の頰《ほお》に、手を触《ふ》れたときの話だ。踏《ふ》ん切《ぎ》りがつかない牧野《まきの》のために、湊《みなと》の好きな相手を調べようとして、計画を立てた。

そしてそれがきっかけで、俺たちは……。

「俺も……いつ聞かれるんだろうって思ってたよ、それ」

「……そうなんだ」

あのときは俺たちふたりとも、正直それどころじゃなかった。けど考える時間さえあれば、湊《みなと》がこの疑問にたどり着くのは当たり前だ。

そもそも、湊《みなと》はもともと俺を天使だと疑って、俺を観察してた。

つまりあの時点で、俺が天使の相談のために、湊《みなと》の周りをうろついたことがあるのだって、こいつは気づいていたはずなのだ。

「偶然《ぐうぜん》……じゃないのよね、たぶん」

「……すまん。また、ノーコメントだ。ああ、なんかそればっかりだな、俺……」

両手をピタッと合わせて、謝罪の意思を示す。今日だけで、もう二度目だ。

実際、これが悪いことなのかどうかはわからない。あちらを立てればこちらが立たず、板挟《いたばさ》みってやつだ。

けど、やっぱり申し訳なさはある。立場が逆なら、きっと俺だってもどかしいだろうからな。

だがどうやら、湊《みなと》の意図はそこにはないらしかった。

「いいの。察しがついてるってこと、伝えたかっただけだから。お互《たが》い見て見ぬ振《ふ》りしてたら、ぎこちなくなりそうだし」

「……そうか。ありがとな」

「ううん。私の方が、ずっと助けてもらってるから。それに、言いたくないことも、言えないことも、あるわよ。私には、それがよくわかる」

湊《みなと》はかすかに首を傾《かたむ》けて、カフェオレを吸った。

たしかに、その通りなのだろう。俺と湊《みなと》は、立場が少し似ている。

だからこそお互《たが》い、隠《かく》し事《ごと》を隠《かく》し事《ごと》のまま、詮索《せんさく》せずにいられるのだ。

ちからがバレたときは、どうなることかと思ったけれど。

その相手が湊《みなと》だったのは、恵《めぐ》まれてたのかもしれないな。

「……なら、代わりに天使の仕事の話をしてやる。興味があれば、な」

「えっ、どんな？」

湊《みなと》は意外にも食いつきがよかった。思わず、俺もちょっと得意な気分になってしまう。

「噂《うわさ》では、手紙が来る、ってなってるだろ」

「ええ。恋《こい》に悩《なや》んでると、天使から招待の手紙が届く。自分から呼んでも、それで来てくれるわけじゃない、って」

「ああ。でも実際は、手紙じゃなくて、これだ」

俺はスマホを出して、ひとつのアプリを開いた。ＩＤとパスワードを入れて、ログインする。

画面を見せると、湊《みなと》がキョトンと目を丸くした。

「……ツイッター？」

「おう。あと、たまにインスタもな。鍵垢《かぎあか》から、専用チャットルームのリンクを、ダイレクトメッセージで送る。『相談したいなら、アクセスしろ』ってな」

「で、デジタルなのね……」

「前に言ったろ。今はなんでもオンラインなんだ。時代に適応しなきゃな」

ただ、噂《うわさ》の上では手紙ってことにしといたほうが、なんとなくそれっぽい。都市伝説には、雰囲気《ふんいき》が大事なのだ。

「でも……それって大丈夫《だいじょうぶ》なの？　広められたり、相談に呼びたい人以外がアクセスしてきたりとか、しそうだけど」

「そこは、事前に相手の人柄《ひとがら》も調べて、対策してるよ。それから、アカウントもアドレスも、毎回べつのを使う。早めに注意喚起《かんき》もする。これで、今まで秘密が漏《も》れたりはしてない。極《きょく》端《たん》な話、こっちは最初から向こうの弱みを握《にぎ》ってるからな」

「……怖《こわ》いわね。天使っていうより、悪魔《あくま》？」

「悪魔《あくま》いうな。でも、そもそもキューピッドって、いわゆる天使とは別物なんだけどな」

イメージは近いが、天使は神の使いで、キューピッドはそれ自身が恋愛《れんあい》の神だ。まあ、気にしてるやつなんていないだろうけど。

「じゃあ、どうして天使なの？」

「語呂《ごろ》だな。普段《ふだん》は相手に正体明かしてないから、呼び名がいるんだよ。でも、キューピッドじゃ長いだろ」

「……案外雑なのね、そこは」

雑って言われてしまった。否定はできないけども。性格だよな、そこんとこは。

「あっ……」

「ん、どうした？」

「……ごめん。私、今気づいたわ。相談のお礼って、どうしたらいいの……？」

「あー。なんだ、そんなことか」

そういえば、その話はしてなかったな。まあ、『なんでもする』が条件みたいになってたせいで、意識から消えてたんだろう。

「いつもはどうしてるの？　ものとか、お金とか……」

「あほ。そんなのがあれば、先に話してる」

「えっと……じゃあ？」

そこで、湊《みなと》はあろうことか、いつかのように自分の腕《うで》を抱《だ》いた。スッと身を引いて、頬《ほお》を染めて俺を見ている。

いい加減その発想をやめろ。

「なにもいらないよ。普段《ふだん》の相談も、報酬《ほうしゅう》は貰《もら》ってない」

「そ、そうなの……？　でも、どうして……」

湊《みなと》が、「大変なのに」と続ける。

「大変だけど、好きでやってることだからな。それに、報酬《ほうしゅう》がないっていうのも、意外と便利なんだぞ、いろいろと」

「どういうこと？」

「報酬《ほうしゅう》を受け取ったら、それで帳消しになるだろ？　でもなにも受け取らなければ、そいつはずっと、天使に恩があるままだ。ますます、秘密をバラしたりできない。もし俺がなにか困ったときは、それを持ち出して協力も頼《たの》めるしな」

たとえば、正体がバレそうになったときとか、ほしいものがあるとき、とかな。

「そんなわけで、久世高《くぜこう》には天使に貸しがあるやつが、実はけっこういるんだ。心強いだろ」

「……あなた、やっぱり悪魔《あくま》ね」

湊《みなと》は首を振《ふ》って、やれやれというようにため息をついた。失礼なやつめ。

「じゃあ、もう帰る？」

カプリチョーザを出て、ゲーセンのプリクラ機の中で頬《ほお》に触《ふ》れたあとで、湊《みなと》が聞いてきた。

そのときにも一悶着《ひともんちゃく》あったが、割愛《かつあい》。結果は、変わりなし。

「そうしてくれていいよ。俺は別でひとつ用があるから、ここで解散だな」

「えっ、そうなの」

「ああ。ちょっと映画を」

「へ、へぇ……映画」

見たかった作品の夜の回が、ちょうどもうすぐ始まるのだ。待たせる意味もないから、湊《みなと》には先に帰ってもらうべきだろう。

「んじゃ、今日はお疲《つか》れ。気をつけて帰れよ」

「……ねぇ」

「ん？」

「……それ、私も行っちゃダメ？」

湊《みなと》は俯《うつむ》き気味に、そんなことを言った。

いつかと同じ、破《は》壊力《かいりょく》抜群《ばつぐん》の上目《うわめ》遣《づか》い。しかも、メガネバージョンだった。

「それって……映画のことか？」

「う、うん。せっかく来たし……映画館、久しぶりだし」

「……恋愛《れんあい》映画だけど」

「だと思ったわ。……うん、見たい」

「……帰り、遅《おそ》くなるぞ。門限とかいいのか？」

「へ、平気。……うち、そういうのないから」

「……そうか」

意外と緩《ゆる》いんだな。湊《みなと》本人がきっちりしてるから、家も厳しそうなイメージだったんだが。

……。

結局、俺たちはふたりで、映画館へのエスカレーターに乗った。

それからチケットを連番で取って、隣《となり》に座って、上映前の予告をぼんやり見た。

こうなると、なんだかんだいってやっぱり……。

「おもしろいかどうか、わからないぞ」

「いいの」

「あと、たぶん濡《ぬ》れ場《ば》のシーンがある」

「ぬっ……！　い、いいもんっ。もう、買っちゃったし……」

「そうか」

「……でも、こっち見ないでよ。映画中」

「どうしようかな」

「ダメ！　絶対！　わかった？」

「はいはい」

「もうっ……」

……やっぱり、デートみたいだな、これ。


そして、帰りの駅のホーム。

「おもしろかったな、わりと」

「……うん」

「泣いてたもんな、湊《みなと》」

「なっ……!?　見ないでって言ったのに！」

「見てないけど、ぐすぐすいってたから」

「聞かないで！」

無茶言うなよ。

「そういえば、思ったんだけどさ」

「なにっ！」

「……俳優とか芸能人とかは、好きにならないのか？」

「えっ……ああ、なったことない……と思う。……うん」

なるほど……これは、思いもよらぬヒントになったかもしれないな。

まあ、テレビの中の相手を本気で好きになるってのが、どれくらい珍《めずら》しいことなのか、あんまりわからないけども。

「明日から、また頑張《がんば》ろうな」

「……そうね」

だが、そう答えた湊《みなと》の声音《こわね》は、なぜだか少しだけ、暗かった。

「……人の心が読めるって、どういうふうに？」

焦《あせ》ってるのがバレないように、わざと興味のないフリをした。

彩羽《あやは》は「うーん」と悩《なや》ましい声を出しながら、しばらく考えていた。

風が吹《ふ》いて、艶《つや》のある黒いセミロングがなびく。

その動きと、真剣《しんけん》そうな綺麗《きれい》な横顔に、俺はいつの間にか、見惚《みと》れてしまっている。

「じゃあ、その人の考えてることがわかるの！　好きとか、嫌《きら》いとか、楽しいとか、悲しいとか、今日の晩御飯《ごはん》はなにかなーとか、全部！」

「なんだそれ」

「すごいでしょ？　ホントに超能力だよねー」

実際は、そんなに便利なものじゃないよ。

そう思ったのを、よく覚えてる。けどそのおかげで、緊張《きんちょう》もかなり解けていた。

「……さあ、どうするかな」

「いいことに使う？　それとも、悪いこと？」

「そりゃあ……まあ、いいことに使いたいとは思うけどさ」

そう、思う。きっと、ほとんどの人がそう思ってる。

だけど。

「……けど、本当にそうできるかどうかは、そのときにならないとわからないよ。俺、そんなにいいやつじゃないし」

いいやつじゃや、なかったし。

変に実感がこもってしまったかもしれない。ちょっと心配しながら隣《となり》を見ると、でも、あいつは思いのほか、マジメな顔をしていた。

「ふーん……そっか」

「……なに？」

「ううんっ。それ、そのドラマの主人公も同じこと言ってたよ？　もしかして、脚本家《きゃくほんか》になれるんじゃない？　伊緒《いお》くん」

「なれないよ。バカだから」

「そうかなぁ。私は見たいけど。伊緒《いお》くんの作るお話」

俺の顔を覗《のぞ》き込んで、あいつはクスクス笑った。

そんなことでも嬉《うれ》しくて、恥《は》ずかしくて、俺は思わず目をそらしてしまう。

今思えば、もったいなかったな。

もっと、たくさん見ておけばよかったのに。

「彩羽《あやは》は？」

「ん？」

「彩羽《あやは》は、どうするの？　そんなちからがあったら」

そういえば、あれはいったい、なんてドラマの話だったんだろうか。

それも、ちゃんと聞いておけばよかった。

なあ、彩羽《あやは》。

── 第四章 ── 山吹歌恋と藤宮詩帆

週が明けてからは、また学校で湊《みなと》を監視《かんし》し、放課後は有希人《ゆきと》の店で状況《じょうきょう》のすり合わせをする、という日々が続いた。

湊《みなと》の好きな相手が増えていた場合、俺の監視《かんし》と湊《みなと》自身の記憶《きおく》から、そいつとのやり取りやそのときの状況《じょうきょう》を、詳細《しょうさい》に書き出す。そうして、湊《みなと》が相手のことを好きになるときの条件を、理屈《りくつ》と直感で絞《しぼ》り込んでいく。

地道だが、確実。俺たちは湊《みなと》の惚《ほ》れ癖《ぐせ》の謎《なぞ》に、少しずつ近づいていった。

……と、そうなる予定だったのだが。

「……さっぱりだな」

「……」

俺たちは完全に、立ち止まっていた。

いつものカフェのテーブルで、ふたりとも項垂《うなだ》れたように向かい合う。

計画開始から十日ほど経《た》ち、湊《みなと》の好きな相手も七人増えた。

狙《ねら》い通り。むしろ驚異《きょうい》のスピードだ。

なのに、まったく、なにもわからない。

「……ごめん、伊緒《いお》」

「いや……お前はよくやってるよ。むしろ、すまん……」

お互《たが》いに首を振《ふ》って、俺たちは同時にため息をついた。

正直、もっとうまくいくと思ってた。そうでなくても、ヒントはどんどん増えていくはずだ、と。

けど実際は、サンプルが増えれば増えるほど、俺たちは逆にドツボにハマっていった。

なにせ、法則性が本当に、ない。

一日で何度か会話したはずのイケメンを好きにならず、ひと言も会話しなかった地味な男子を好きになって帰ってきたりする。

しかも、一目惚《ひとめぼ》れはない、ってことだったはずなのに、駅からカフェまでの道ですれ違《ちが》っただけの、他校の男子を好きになっていたときには、思わず宇宙が見えた。

地球は青かった。お先は真っ暗だけど。

「……しょうがない。根気強く、もうちょっと続けてみよう。そのあいだに、もっとほかに方法がないか、考えてみる」

「う、うん……そうね。私も、なにか考えるわ」

会議の空気は重かった。が、それも仕方ない。

なにせ、仲よくもない相手に話しかけにいくのも、授業間や昼休みに何度も他クラスを訪ねるのも、かなり疲《つか》れるのだ。にもかかわらず、収穫《しゅうかく》はほぼゼロ。これでは士気も上がらない。

「ところで、平気か？　藤宮《ふじみや》は」

「え、ええ……。不自然には感じてると思うけど、なんとか」

湊《みなと》は自信なさげに答えた。

話によれば、数日前から友人の藤宮詩帆《ふじみやしほ》が、普段《ふだん》と行動パターンが違《ちが》う湊《みなと》のことを、不審《ふしん》に感じ始めているらしいのだ。

まああれだけいつも一緒《いっしょ》なら、当然かもしれないが。

「仲いいんだな、藤宮《ふじみや》と」

「……うん。詩帆《しほ》は……あの子はホントに、大好きな友達。だから伊緒《いお》とのことも、できれば隠《かく》したくないんだけど……」

言って、湊《みなと》は少しつらそうな顔をした。

ただそれでも、やっぱり惚《ほ》れ癖《ぐせ》のことも、相談のことも、藤宮《ふじみや》には黙《だま》っているつもりらしい。

複雑なんだろうな、そこんところ。

その後、俺は店の手伝いに入り、湊《みなと》はひとりで先に帰っていった。

しばらくはこのまま、様子を見る。今日はそれでまとまったが、現実は計画とは違《ちが》い、そこまで悠長《ゆうちょう》にはしていてくれないようだった。

ちょっとした事件が起きたのだ。

◆　◆　◆

ピィ――――っと試合終了《しゅうりょう》の笛が鳴り、コートの中と外にいた生徒たちがぞろぞろと入《い》れ替《か》わる。各々《おのおの》ふたりずつでネットを挟《はさ》んで、ラケットを持って向かい合った。

午後の体育を使った、男女別のバドミントン。ふたクラス合同で、いくつかのグループに別れて総当たりをする、まあゆるい授業だ。

そして俺の八組と湊《みなと》の七組は、その合同クラスのペアになっていた。しかもありがたいことに、使うコートも隣《となり》だ。おかげで、監視《かんし》が楽でいい。

再び教師が笛を吹《ふ》き、次の試合が始まる。休憩《きゅうけい》組だった俺は、隣《となり》のコートに立つ湊《みなと》を横目で眺《なが》めた。

湊《みなと》はシンプルな紺《こん》のジャージ姿で、髪《かみ》をポニーテールにしていた。白いうなじと黒髪《くろかみ》の対比が眩《まぶ》しい。この格好でも、周囲と一線を画す上品な華《はな》やかさで、明らかに目立っていた。

「伊《い》ー緒《お》ー」

気の抜《ぬ》けるような声を出しながら、俺の横に三輪玲児《みわれいじ》が座った。体育なので、いつものピアスは着けていない。顔の造形が整っていることもあって、今なら普通《ふつう》のスポーツマンっぽく見える。

ちなみに、玲児《れいじ》はバスケ部だ。ただサボり気味なので、部内での立場はよくないらしい。

「また柚月《ゆづき》ちゃんか？」

「……なんだよ、またって」

「おいおい、バレてないわけねーだろ。最近、ずっと見てる。っていうか、見にいってる」

玲児《れいじ》はからかうように、ニヤリと口元を引き上げた。

まあ、さすがにこいつはごまかせないか……。

「仕事だよ、いつもの。察しろ」

「いつもの、ねえ。好きだなぁ、相変わらず」

玲児《れいじ》はククと笑って、それ以上はなにも聞いてこなかった。天使の仕事については、追及《ついきゅう》しても無駄《むだ》だというのがわかってるんだろう。

そのとき、スパンっという鋭《するど》い音が、すぐそばから飛んできた。

続けて、周囲から「おぉ——っ」という声が上がる。

見ると、湊《みなと》が放ったスマッシュが、相手のコートの角に突《つ》き刺《さ》さったところだった。

「おー、さすが柚月《ゆづき》ちゃん。バド部みたいだなー」

「ずいぶん注目されてるな、この試合」

「そりゃあ、組み合わせがなー。柚月《ゆづき》ちゃんの相手、山吹《やまぶき》だし」

言って、玲児《れいじ》がコートの反対側をちょいちょいと指さす。

なるほど、そういうことか。

相手の女子、山吹歌恋《やまぶきかれん》も湊《みなと》に劣《おと》らず、かなり目立つ。理由を一番簡単に言うなら、『プラスフォーのひとりだから』だ。つまり、美少女なのである。

大きなアーモンド型の目が特徴《とくちょう》的だが、シュッとした輪郭《りんかく》や薄《うす》い唇《くちびる》で、顔の雰囲気《ふんいき》は湊《みなと》に少し似ている。同じ系統なんだろう。

ただ、山吹《やまぶき》はその素材のよさにあぐらをかかないバッチリメイクで、派手めのアイドルを連想させる。

おまけに金に近い茶色のセミロングで、玲児《れいじ》と違《ちが》って今も赤いピアスをしている。ピンクのジャージの上下も相まって、まさにギャルという感じだ。湊《みなと》と違《ちが》って男子の好みは分かれそうだが、人気は高い。

俺も去年、山吹《やまぶき》を好きだというやつの相談を受けたことがある。湊《みなと》に俺の正体がバレるきっかけになった、あの苦い一件のことだ。

山吹《やまぶき》はラケットで器用にシャトルを拾い、対面にいる湊《みなと》をキッと睨《にら》んだ。

口元がかすかに動く。あれはたぶん、「ウザっ」。

山吹《やまぶき》のサーブで、シャトルがグンっと高く上がった。湊《みなと》も山なりで深く返し、山吹《やまぶき》のポジションを下げにかかる。が、山吹《やまぶき》は後退しながら高く飛び上がって、強引《ごういん》にスマッシュを打った。

体勢を崩《くず》しながらも、湊《みなと》がかろうじて返球する。だが、山吹《やまぶき》はそこから一気に攻勢《こうせい》に転じ、最後は仕返しといわんばかりに強打でポイントを決めた。

運動神経は向こうも負けてないらしい。

床《ゆか》に手をついた湊《みなと》に、山吹《やまぶき》が見下したような目を向ける。

対して、湊《みなと》は表情ひとつ変えず、淡々《たんたん》と次のラリーに備えた。

また、山吹《やまぶき》の口が動く。今度はたぶん、「キモっ」。

おいおい悪いな、雰囲気《ふんいき》が。

「おー、バチバチじゃん山吹《やまぶき》。まあ、柚月《ゆづき》ちゃんに負けたくはないよなー」

「どういうことだ？」

俺が尋《たず》ねると、玲児《れいじ》はますます楽しげに笑った。どこまでも気楽なやつめ。

「あの子、柚月《ゆづき》ちゃん嫌《きら》いなんだよ。よく難癖《なんくせ》つけたり、陰口《かげぐち》言ってる。まっ、柚月《ゆづき》ちゃんは気にしてなさそうだけど」

「……なんか原因があるのか？」

「さあ。でもたぶん、妬《ねた》んでるんだろうな。自分はプラスフォーで、柚月《ゆづき》ちゃんは三大美女。王女様タイプの山吹《やまぶき》には、それがおもしろくないんだよ」

「つまり、み……柚月《ゆづき》が自分より人気だから、気に入らないってことか」

「そうそう。それに成績も負けて、そのうえ運動部なのにスポーツも負けてたんじゃ、格付け完了《かんりょう》しちゃうだろ？」

「なるほど……」

要するに、山吹《やまぶき》からの一方的なやっかみか。やりづらそうだな、湊《みなと》のやつ。

「おっ、マッチポイント」

試合は十一点先取の時限制で、いつの間にかスコアは湊《みなと》から見て十対九、残り一分だ。

それまでと変わらない冷静さのまま、湊《みなと》がロングサーブを打つ。

前のめりになっていた山吹《やまぶき》は意表を突《つ》かれ、返球が甘くなる。フォア側に来た球を湊《みなと》がスマッシュするが、山吹《やまぶき》も執念《しゅうねん》でそれをネット際に返した。

湊《みなと》はギリギリで追いつき、時間稼《じかんかせ》ぎのロブを上げた。修正がうまい。

が、山吹《やまぶき》はジャンプして手を伸《の》ばし、無理やりスマッシュを打った。

鋭《するど》い打球が湊《みなと》の顔を襲《おそ》う。

「うはっ、ボディ」

取れない。そう思ったが、湊《みなと》はサッと体勢を変え、さらには身体《からだ》を浮《う》かせて打球の勢いを殺した。まるで、打球がそこに来るのを読んでいたかのような動きだった。

まだ着地もできていなかった山吹《やまぶき》のいないところに、シャトルがポトリと落ちる。

そこでちょうど、試合終了《しゅうりょう》の笛が鳴った。まだ続いていたところも含《ふく》めて、入《い》れ替《か》わりだ。

湊《みなと》はまた、静かな動きでコートを出た。すとんと腰《こし》を下ろし、別のグループにいた藤宮《ふじみや》詩帆《しほ》と手を振《ふ》り合《あ》っている。

だが対岸にいる山吹《やまぶき》は、周りの目も気にせず湊《みなと》を睨《にら》みつけていた。

終業のチャイムが鳴り、整列して礼をする。久世《くぜ》高《こう》のホームルームは昼休みのあとにあるので、六限が終わればそのまま放課後だ。

ネットやラケットをダラダラと片付け、徐々《じょじょ》に生徒が減っていく。

俺もそれなりに働いたところで、さっさと帰ることにした。

「キモいんだけど、マジで」

校舎への通路を歩いていると、どこかからそんな声がした。

威圧《いあつ》的で、嫌悪《けんお》感とイラ立ちをわざと相手にぶつけるような、いやな声音《こわね》だった。

状況《じょうきょう》の想像がついてしまって、俺は通路をはずれて、声の出どころを探した。

ひとつ角を曲がった先で、山吹歌恋《やまぶきかれん》を含《ふく》む女子三人が、湊《みなと》と向き合っていた。

思わず、ため息が出る。

最近はイヤな予感がよく当たるな……まったく。

「いっつもスカしてんの、ウザすぎ。ちょっと顔がいいからって、ちょーし乗ってんの？」

俺は物陰《ものかげ》に隠《かく》れて、連中の様子を窺《うかが》った。

山吹《やまぶき》は蛇《へび》を思わせる目で湊《みなと》を睨《にら》み、あとのふたりは性根《しょうね》の悪そうなうすら笑いを浮《う》かべている。人をバカにしたみたいなクスクスという声が、見ているだけの俺にも不快だった。

湊《みなと》は諦《あきら》めたような、呆《あき》れたような表情で、山吹《やまぶき》たちをただ見ている。けれど背筋だけは、いつものようにピンと伸《の》びてはいなかった。

……正直、なにが適切な行動なのかはわからない。こういうのは、ヘタに手を出してこの場を収めても、状況《じょうきょう》がよくなるとは限らないからだ。

高校生の確執《かくしつ》ってのは、残念ながらそんなに単純じゃない。

ただ、黙《だま》って立ち去るのだけは、絶対に違《ちが》うと思った。

「ホントキモーい。周り見下してんのバレバレ。性格ヤバくない？」

「ってか、マジ生理的に無理なんだけどー。友達いないのわかるー」

山吹《やまぶき》の取り巻きふたりはふらふら身体《からだ》を揺《ゆ》らしながら、湊《みなと》を挟《はさ》むように立った。

頭が痛くなるほどの、粗末《そまつ》な暴言。だが明確な悪意と敵意のせいで、相手を傷つけるには充分すぎるほど不愉快《ふゆかい》だ。端的《たんてき》に言って、ひどくムカつく。

どっちかといえば、割り込んでしまわないように気をつける方が大変だな、これは……。

「あんた、嫌《きら》われてんのわかってる？　私たちだけじゃなく、みんなにね」

三人の中で一番憎悪《ぞうお》のこもった、山吹《やまぶき》の声。卑怯《ひきょう》な言い回しだ。

だがそのセリフにも、湊《みなと》は微動《びどう》だにしなかった。ただ、はぁっと小さく、嘆《なげ》くような息を吐《は》いた。

「……終わった？」

湊《みなと》が短く言った。

「……は？」

「言いたいことは、それだけ？　じゃあ、私はもう行くけど」

途端《とたん》、山吹《やまぶき》の横顔が一気に歪《ゆが》んだ。

「あんたさぁ！　マジでケンカ売ってんでしょ!!」

叫《さけ》ぶような声で、山吹《やまぶき》が吠《ほ》えた。湊《みなと》よりも、取り巻きふたりの方がビビっている。まだ少し残っていた生徒たちも、何人かが声に気づいてキョロキョロしていた。

マズいな……この展開は。

「わかってんだよ！　あんたが最近、男子に色目使ってんのはさぁ！」

そのセリフで、初めて湊《みなと》の表情が大きく変わった。血色がなくなって、今にも泣き出してしまいそうに見えた。

ただ、俺だってもう、ほとんど冷静じゃなかった。

勝手なことばっかり、言いやがって……っ。

「誰《だれ》かれ構わず媚《こ》びて、マジキモい！　そんなにちやほやされたい？」

湊《みなと》は肩《かた》を震《ふる》わせて、青い顔で俯《うつむ》いていた。

手応えを感じて勢いづいたらしい山吹《やまぶき》が、さらに罵声《ばせい》を浴びせる。

「あちこちいい顔してんじゃねーよ！　このビッチ！　あんたの考えてることなんて、全部お見通しだから！」

そこで、俺の中でなにかが切れた。

ああ、それは、ダメだろ。絶対に、ダメだ。

お前に、そいつのなにがわかるんだよ。


「おい」


気づけば、俺は湊《みなと》たちの方に歩み出ていた。

なにか考えがあるわけじゃなかった。ただ胸の中がムカムカと、煮《に》えるように熱かった。

取り巻きは居心地《いごこち》悪《わる》そうにそっぽを向き、湊《みなと》は驚《おどろ》きの表情で俺を見ている。

山吹《やまぶき》が顔だけをこっちに向け、威圧《いあつ》するように言った。

「なに？　あんた」

「お前に用はない。柚月《ゆづき》、行くぞ」

俺が強引《ごういん》に手を摑《つか》むと、湊《みなと》は力が抜《ぬ》けたみたいに、ガクガクとした足取りで歩いた。

だが、山吹《やまぶき》が前に回《まわ》り込み、行く手を阻《はば》んでくる。

「なに邪魔《じゃま》してんの？　あんたにこそ用ないんだけど」

「聞いてて不快なんだよ。くだらないことすんな」

「はぁ？　てかなに？　カッコつけてる？」

一応男子が相手、背も俺の方が十センチほど高いのに、山吹《やまぶき》は態度を変えなかった。力だけによらない上下関係というものを、よくわかっているんだろう。

べつに、下に見られてるのはいい。ただ、さっさと引き下がらないのだけが面倒《めんどう》だ。

「あんま出しゃばんない方が身のためじゃん？　誰《だれ》だか知んないけどさ」

「……お前」

「おーい、明石《あかし》ー」

そのとき、山吹《やまぶき》の後ろ、つまり俺が来た方の角から、一人の女子がフラッと現れた。

涼《すず》しげな短髪《たんぱつ》と大きなつり目、それに八重歯。緑のジャージを着崩《くず》した、日浦亜貴《ひうらあき》だった。

「なーにやってんだよ。早く帰んぞー、教室」

軽い口調で言いながら、日浦《ひうら》は順番に全員の顔を見た。俺のときとは違《ちが》い、明らかに山吹《やまぶき》が怯《ひる》んでいる。

「日浦《ひうら》……あんたまで邪魔《じゃま》する気？」

「んぁ？　べつに、あたしはそのあほと、それから柚月《ゆづき》を拾いにきただけだよ。そいつら、帰りにあたしにアイス奢《おご》ることになってるから」

いつからそんな話になったんだよ。

とは思いつつ、俺は日浦《ひうら》のおかげで、だいぶ気持ちが静まってきていた。

普通《ふつう》に、ちょっと危なかった。日浦《ひうら》には感謝だな……。

「そっちの地味な男はともかく、柚月《ゆづき》は今私と話してんの。わかる？」

日浦《ひうら》は一切《いっさい》動じず、湊《みなと》と俺の手首を摑《つか》んだ。俺も湊《みなと》の手を持っていたせいで、妙《みよう》にマヌケなトライアングルができる。

「……あんた、私を敵に回すつもり？　どういうことかわかってんの？」

「それで困んのはそっちだろ。そもそも、体育で負けた腹いせに人格攻撃《こうげき》とか、ガキかって。だからお前はプラスフォー止まりなんだよ」

「なっ！　そ、それ言うならあんただって‼」

「あたしはお前と違《ちが》って、そんな肩書《かたが》きに最初から興味ねぇんだよ」

「っ……！」

山吹《やまぶき》は意気を削《そ》がれたように、それ以上なにも言わなかった。

俺たちは早足でその場を離《はな》れ、すぐに解散した。

日浦《ひうら》は事情を聞こうともせず、「アイスは明日なー」と言い残して帰っていった。その華奢《きやしや》な背中が、なんとも頼《たの》もしく見えた。

こりゃ、マジでアイスくらいは、奢《おご》ってやらなきゃな。

◆　◆　◆

「じゃあ、普段《ふだん》はあそこまで、派手に絡《から》まれることはないのか？」

念のため学校を別々に出て、俺と湊《みなと》はまた喫茶《きつさ》プルーフで合流した。

話題は、やっぱりさっきのいざこざについて。

湊《みなと》はもう落ち着いたらしく、山吹《やまぶき》と自分の関係を淡々《たんたん》と話した。

「ええ。同じクラスだけど、たまに睨《にら》まれたりするだけで、大抵《たいてい》は不干渉。だから気にしてなかった……」

「つまり今日突《つ》っかかってきたのは、最近のあの計画とか、体育の試合とかが重なったのが原因か」

「たぶん、そういうことだと思う……」

そこで、俺たちは同時に手元の飲み物を飲んだ。俺がサイダー、湊《みなと》はレモンティー。

「……悪かったな」

「えっ……」

こういう事態を、予想してなかったわけじゃない。

好きな人を作るために、交流を増やす。こっちの目的は別として、その行為《こうい》が周りからどう見られるかっていうのは、最初から不安要素だった。

特に、湊《みなと》は三大美女だからな……。

「こうなったのは、元はと言えば俺のアイデアのせいだ。それにさっきも、状況《じょうきょう》が悪化することも考えず、勝手に飛び出して……」

「い、いいえっ。あれは、ふたりで決めたことよ。来てくれたのだって……助かったわ。ありがとう、伊緒《いお》」

そう言って、湊《みなと》は弱々しく首を振《ふ》った。

もしもまた報復がくるようなら、そのときはなにかしらの対策を取るしかない。

ただでさえ惚《ほ》れ癖《ぐせ》だけでも手強《てごわ》いのに、これ以上問題を増やしたくないからな。

それになにより、ああいうのは湊《みなと》もつらいはずだ。

「……一応、ちゃんと言っとくけどな」

「なに……？」

湊《みなと》が不思議そうに、コクリと首を傾げる。

今日の山吹《やまぶき》のセリフで、気にしてるかもしれない。今のうちに、しっかり話しておいた方がいいだろう。

「お前は、ビッチなんかじゃないよ」

「……うん」

驚《おどろ》いたように少しだけ目を見開いてから、湊《みなと》はそう呟《つぶや》いた。

「べつに、お前はいろんなやつ相手に、色目を使ってるわけじゃない。逆だ。自分が好きになるために、関わりを増やしてるだけ。それでもし、相手がお前を好きになっても、それはただの結果だ。はたからどう見えたって、そこに悪意がないなら、お前は悪くない。相手がこっちをどう思うかの責任まで、お前にあるわけがない」

「……うん。わかってる。わかってるわ」

繰《く》り返《かえ》すように言って、湊《みなと》は何度か頷《うなず》いた。

わかってる、のだとは思う。けど今日みたいに、他人にあんなふうに言われれば、絶対不安になるはずだ。俺にも責任がある以上、見て見ぬ振《ふ》りはできない。

「本当に、大丈夫《だいじょうぶ》。それに、覚悟《かくご》はしてたから。ただ……」

「……」

「ただ、思ってたよりちょっと……悲しかっただけ。気にしないで。ありがとう」

「……おっけー。わかった」

まあ、必要以上に言っても仕方ないだろう。それに、湊《みなと》は強い。ここまでの俺の指示にも、自分で納得《なっとく》して、ついてきてくれてるからな。

天使の相談も、こんなやつばっかりなら苦労しないんだけど。

「それにしても、『三大美女』も大変だな、なにかと」

「ああ、それ……」

湊《みなと》はため息混じりに言った。

「正直、迷惑《めいわく》。嬉《うれ》しくもないし、いやなことの方がずっと多いわ。今日みたいなことがあると、なおさらそう思う」

「日浦《ひうら》も同じようなこと言ってたな。うっとうしい、ってさ。まあ、あいつはプラスフォーだけど」

「知らないうちに、勝手に三大美女なんて呼ばれてる。断ったりもできないから、呪《のろ》いの装備みたいよ」

ほお、優等生っぽくない例えだな。意外と、ゲームとか好きなのか。

それにしても、もしかすると三大美女もプラスフォーも、はたから見るより厄介《やっかい》な肩書《かたが》きなのかもしれないな。

『モテる証』みたいなもんだし、久世《くぜ》高《こう》内じゃかなり強力なステータスだから、ほとんどの女子は憧《あこが》れてるだろうけど。

「そういえば、日浦《ひうら》さん。あの人は、どうして助けてくれたの……？　友達なのよね？」

「ん？　ああ」

たしかに湊《みなと》からすれば、日浦《ひうら》の介入《かいにゅう》は意味不明だろう。

いい機会だし、話しておくべきかもしれない。

「あいつは、俺が天使だって知ってるんだ。それからたぶん、今俺がお前の相談を受けてるのも、勘づいてると思う」

「えっ……そうなの？」

湊《みなと》は少し不安げに、それから意外そうに言った。

俺は、日浦《ひうら》が天使の協力者であること、それから、今回の件も手伝ってもらっていることを、湊《みなと》に話した。

日浦《ひうら》はたぶん湊《みなと》を、『天使の相談者の好きな相手』だと思ってたはずだ。でも今日、俺が湊《みなと》を助けに入ったことで、湊《みなと》自身が相談者だって気づいたんだろう。

だからわざわざ、来てくれた。そんな感じだと思う。

「あと、同じクラスの三輪玲児《みわれいじ》。あいつにも話してある。まあ今回の件は、どこまで察してるかわからないけど」

「三輪《みわ》くん……」

湊《みなと》は目線を上に投げて、少し黙《だま》った。記憶《きおく》から玲児《れいじ》の顔を探しているのかもしれない。

あいつは目立つから、関わりがなくても知ってる可能性はあるな。

「……どうして話したの？　天使だって」

「あー……玲児《れいじ》は付き合いが長いからな。それに、あいつ相手に隠《かく》しとくのは、いろいろとキツい」

　バカなのに、勘《かん》はいいからな、玲児《れいじ》は。

　バレるより自分から話してしまった方が、面倒《めんどう》が少なくていい。

「日浦《ひうら》さんは？」

「日浦《ひうら》は……まあ、いろいろあってな。大したことじゃない。話すと長いから、また今度な」

「そ、そう……。だけどなんだか、伊緒《いお》と日浦《ひうら》さんって、意外な組み合わせよね」

「だよな。それは俺もわかる」

　パッと見、お互《たが》い関わらなさそうなタイプだからなぁ。

「おっと、忘れるとこだった。今日の収穫《しゅうかく》も、確認《かくにん》しなきゃな」

「あっ……うん。そうね」

　湊《みなと》が頷《うなず》くのを確認《かくにん》して、俺は右手をスッと前に出す。ひとつ深呼吸をしてから、湊《みなと》は俺の手をゆっくり取った。

　手《て》の甲《こう》が、湊《みなと》の頬《ほお》にピトッと触《ふ》れる。

　もう何度目だろうか。

　それから、あと何回くらい、こうするんだろうか。

　ふとそんなことを考えてしまい、俺はせっかく見えた大勢の顔を、ほとんど見逃《みのが》してしまっていた。

◆
◆
◆

少し計画のペースを落とそう、という俺の提案に、湊《みなと》は同意しなかった。

山吹《やまぶき》との件のほとぼりが冷めるまでは、と思ったが、「それじゃあいつまで経《た》っても進まない」と言って聞かなかったのだ。

ということで、次の日も俺は湊《みなと》を監視《かんし》した。本人の希望なら仕方ない。

放課後は用があるとのことだったので、会議は手短に、屋上で行うことになった。

あっさり鍵《かぎ》を開けて湊《みなと》に引かれたの以外には、特に変わったこともなく。ついでに収穫《しゅうかく》もないまま、俺たちは屋上への階段の下で別れた。

「……ふぅ」

わざと湊《みなと》と時間をずらして、俺も昇降口《しょうこうこう》を出る。

しかし、学校内で湊《みなと》の顔に触《ふ》れるのは、カフェと違《ちが》ってまだ緊張《きんちょう》するな……。

「明石《あかし》くん、だよね」

校門を出て、最初の角。そこを駅側に折れたところで、後ろから声をかけられた。

こういうの、なんていうんだっけな……。ああ、そうそう。

「……デジャヴだ」

「話があるんだけど。大事な」

柔《やわ》らかくて、けれど意志の強そうな、よく通る声だった。

声の主、そして、湊《みなと》の友人。赤縁《あかぶち》メガネの藤宮詩帆《ふじみやしほ》は、せっかくのかわいらしい顔で俺を睨《にら》んでいた。

なんてもったいない。っていうか、怖《こわ》いからやめてほしい。

「なんでしょう……」

「わかってるよね。湊《みなと》のこと」

……わかってたよ、ちくしょう。

藤宮《ふじみや》は用心深くあたりを見渡《みわた》した。俺を促《うなが》して、ひと気のない路地に入る。

幸い、放課後から少し時間が経《た》っているおかげで、下校してくる生徒はいない。

だがそれは、藤宮《ふじみや》がわざわざ俺を待っていたということを、同時に示していた。

「……で、柚月《ゆづき》がどうした？」

「柚月《ゆづき》……。ずいぶん他人行儀《たにんぎょうぎ》なんだね。さっきは名前で呼んでたのに」

「っ……！」

聞かれてた……？

それに、さっきっていつだ……？

「屋上。入っていくの見てた。そのとき、湊《みなと》って呼んでたよね」

「……なんであんなとこにいたんだよ。用があるとは思えないけどな」

「あの子、最近様子変だったから、つけてた。それに、あそこに用があると思えないのは、私も同じ」

「なるほど……」

要するに、警戒《けいかい》されてたってことか……。

今日、湊《みなと》はなにも言ってなかった。つまり、たぶんあいつも今、こうなってるのは知らないってことだろう。

けど、まさかここまで積極的に動いてくるとはな……。しかも湊《みなと》じゃなく、俺の方に来るのかよ……。

「なにしてたのかも見たよ。悪いけど、気になって覗《のぞ》いちゃった」

「なっ……！」

いつかと同じように、心臓が締《し》めつけられる。吐《は》き気《け》と眩暈《めまい》がして、平衡《へいこう》感覚が狂《くる》った。

ああ、最近はホントに、こんなのばっかりか……。

あの場面には、漏《も》れちゃいけない情報が多すぎる。いや、天使のことやちからのことは、最悪どうでもいい。バレて困るのは俺だけだ。

けど、湊《みなと》の悩《なや》みに関しては……。

「大丈夫《だいじょうぶ》。話までは聞いてないから、安心して」

「……ホントか？」

「ホント。ふたりともドアから遠かったし、聞くつもりもなかったもん。でも湊《みなと》のほっぺた触《さわ》ってたのは、しっかり見たよ」

「うぐっ……」

しっかり見られてた……。

でもまさか、変な超能力を使ってた、とは思わないだろう。よかった、オカルトで。

藤宮《ふじみや》の表情は硬かった。ただ、どうも怒《おこ》ってるっていう雰囲気《ふんいき》じゃない。

あのやり取りを見たなら、第一声で「湊《みなと》に近づくな」くらい言われても、おかしくないんだが。むしろ、それを言いにきたのかと……。

「最近、いつもうちの教室に来てるよね。それに、湊《みなと》を見てる。そういう男の子はけっこういるけど、あなたはあの子のこと、好きって感じじゃない」

「……ずいぶんあいつを気にしてるんだな。そっちこそ、普通《ふつう》の友達とは思えないぞ」

「普通《ふつう》じゃない。親友だよ。だから、ここまでしてる」

藤宮《ふじみや》はまったく動じず、俺を見据《みす》えた。値踏《ねぶ》みするような、威嚇《いかく》するような目だ。

こいつを敵に回すのはさすがに避《さ》けたいが、事情を説明するわけにもいかない……。

助けて、湊《みなと》さん……。

「……お前が思ってるようなことはなにもない。あいつに危害も加えない。だから、ひとまず今のところは――」

「任せていいの？」

「……えっ」

要領を得ない、その質問。

俺が黙《だま》っていると、藤宮《ふじみや》は思《おも》い詰《つ》めたように息を吐《は》いてから、さらに続けた。

「あの子、いやがってなかった。あなたにほっぺた触《さわ》られたときも、話してるときも」

「……」

「私にも話してくれないってことは、きっとホントに誰《だれ》にも知られたくないことなんだと思う。だから、どういう事情があるのか、私からはなにも聞かない。あなたにも、湊《みなと》にも」

「……そう思ってるなら、なんで俺のところに来たんだ」

「でも、もしあなたが湊《みなと》を傷つけたら、絶対許さない。あの子がよくても、私が容赦《ようしゃ》しないから。……それだけは、ちゃんとわかっておいて」

藤宮《ふじみや》は悔《くや》しそうに、けれど懇願《こんがん》するように言った。俺をじっと見つめて、両手の拳《こぶし》を握《にぎ》りしめている。

こいつは、わざわざそんなことを言いにきたのか。友達のために。

きっと藤宮《ふじみや》は湊《みなと》が心配で、でも信じてるんだ。

だから、信用できない俺にだけ、忠告をしに来たんだろう。あいつには、内緒《ないしょ》で。

湊《みなと》がなんで、藤宮《ふじみや》と仲がいいのか。その理由が、俺にはわかったような気がした。

「……今日は、それが言いたかっただけ。ホントに、お願い。私は、力になれないみたいだから……」

「そんなことない」

「えっ……？」

「俺は、あいつを手伝うことしかできない。湊《みなと》の気持ちまでは、支えてやれない。でも、藤宮《ふじみや》は違《ちが》う」

「……」

「お前はあいつの友達だ。それに、きっといいやつなんだと思う。だから、助けてやってくれ。もしかしたらこの先も、あいつの様子がおかしくなったり、俺やほかのやつが、あいつの周りをうろちょろするかもしれないけど。なにも聞かずに、仲よくしてやってくれ。頼《たの》むよ」

「……明石《あかし》くん」

俺にはちからと、意志と経験があるだけ。

天使は、システムなんだ。システムに、友達は務まらない。本当の意味で、湊《みなと》を救うことはできない。できると思っちゃいけないんだ。

でも、藤宮《ふじみや》みたいなやつがそばにいれば、たぶんあいつは大丈夫《だいじょうぶ》だと思う。

「……昨日、体育のあと」

「ああ」

「湊《みなと》を助けてくれたのは、明石《あかし》くんだよね？」

「いや、厳密には違《ちが》う。止めには入ったけど、場を収めてくれたのは別のやつだ」

湊《みなと》から聞いたのだろうか。それは判然としないけれど、どうやらなにがあったかは、ある程度把握《はあく》しているらしい。

「……ありがとう。それから、今日はいきなり、ごめん」

「いや、いいよ。こっちこそ、話せなくて悪い」

「ううん。湊《みなと》が決めたなら、私はそれでいい」

藤宮《ふじみや》はあっさりそう言って、何度か首を横に振《ふ》った。

ひとりで俺に突撃《とつげき》してくるところもそうだけど、肝《きも》の据《す》わった美少女だ。

「そういうわけで、俺はもう行く。あんまり、外でしたい話じゃないからな」

「あ、明石《あかし》くんっ」

「ん？」

振《ふ》り返《かえ》ると、藤宮《ふじみや》がほっそりした身体《からだ》で、足を開いて仁王立《におうだ》ちしていた。

似合わないし、意味がわからない。けど、なんとなく頼《たの》もしい。あと、ちょっとおもしろかった。

「任せた！　それに、任せとけ！」

「……おう」

藤宮《ふじみや》はとびきりの笑顔《えがお》で、グッと親指を突《つ》き立《た》てた。どうやら。わかってくれたらしい。

それにしても、なんかイメージと違《ちが》うな、こいつは。

「あと、今日のことは湊《みなと》には内緒《ないしょ》ね！」

「えっ……でも、いいのか？　それで」

「うん。その方が、あの子も楽だろうし。それに、湊《みなと》だって隠《かく》し事《ごと》してるもーん」

「……まあ、そうだな。おっけー、了解《りょうかい》」

秘密が多いやつらだ。俺も人のことは、まったく言えないけど。

「あっ！　それと、よくわかんないけど！」

「なんだよ」

「ほっぺた以外を触《さわ》っても、許さないからねっ」

「……触《さわ》らないよ」

「こういうときは即答《そくとう》しなさいっ」

ふふっと笑って、藤宮《ふじみや》はひらひらと手を振《ふ》った。

結局のところ、俺はいまいち信用されてないらしい。

触《さわ》るわけないだろうに。たぶん。

「……あっ」

でも、手はもうけっこう触《さわ》ってるなぁ。

第五章 柚月湊は振り向かない

「おーい、文学少年」

読んでいたこのみ朽流《くちる》の単行本が、サッと視界から消える。

見ると、エプロン姿の有希人《ゆきと》が、俺から奪《うば》った本をペラペラとめくっていた。

「おい、返せよ」

「相変わらず、恋愛《れんあい》小説好きだなぁ、伊緒《いお》」

「悪いか。最高だぞ、ラブロマンス」

「俺は現実のラブロマンスが好きだけどなー」

言いながら、有希人《ゆきと》は俺に本を返した。

きちんと正しい位置にしおりが挟《はさ》んであるのが、なんとなくムカつく。

「で、なんなんだよ。客の邪魔《じゃま》すんなよ」

「いや、閉店ね。片付け手伝うか、帰れ」

「えっ……ああ」

言われてスマホを見ると、たしかに八時を過ぎていた。

どうやら、すっかり没頭《ぼっとう》してしまってたらしい。さすがはこのみ朽流《くちる》だ。

長居をしたというのもあって、俺は閉店作業を手伝うことにした。

床《ゆか》を掃除《そうじ》してから、食器を棚《たな》に戻《もど》していく。

「おっすー」

そのとき、呑気《のんき》な声がして、店のドアが開いた。

『close』の札を無視して入ってくるのは、さすがに身内だけだ。

「おー。亜貴《あき》ちゃん、久しぶり。部活帰り？」

「メシ食ってたらちょうどなー。暇《ひま》だったから、来てやった。冷やかしに」

緑のジャージを着た日浦亜貴《ひうらあき》は、そう言って近くのイスにドカっと座った。

こいつの家はここから近いので、本当にふらっと寄ったのだろう。

「おい、掃除《そうじ》したばっかなんだから、汚《よご》すなよ」

「わーかってるよ。外で土払《はら》ったって」

なぜか呆《あき》れたように、日浦《ひうら》が首を振《ふ》る。またしてもムカつく。

日浦《ひうら》は有希人《ゆきと》と面識があり、たまに店に来ることもある。ただ、今日みたいに閉店後に押しかけてくるのは初めてだ。

ちなみに例によって、日浦《ひうら》は有希人《ゆきと》にもタメ口だ。ここが湊《みなと》との違《ちが》いだな。もちろん、おかしいのは間違《まちが》いなく日浦《ひうら》だ。

冷やかしと言いつつも、日浦《ひうら》は自分から適当に仕事を見つけて、閉店作業を手伝ってくれた。

ガサツで愛想《あいそ》もないが、こういうところがなんとも憎《にく》めない。

有希人《ゆきと》と日浦《ひうら》。よく考えれば、悪くないメンバーだ。

ふたりとも、俺が久世高《くぜこう》の天使であることを、知っている。

俺はふと思い立って、最近の悩《なや》みについて、意見を求めてみることにした。

「なあ。ふたりに聞きたいんだが」

「片付けは休むなよー」

「……へいへい」

まあ、時給が出てる以上文句は言うまい。日浦《ひうら》はタダ働きだけど。

「付き合うつもりがないのに、相手に自分のことを好きにさせるってのは……悪いことなんだろうか」

少し長い俺のセリフが、ガランとした店に響《ひび》いた。

日浦《ひうら》と有希人《ゆきと》はちょっとのあいだ、なにも答えずに手を動かしていた。

「前提情報なさすぎだろ。質問する気あんのか？」

先に日浦《ひうら》が口を開いた。

まあ、至極《しごく》もっともな意見だ。

「つまり……なにかほかの目的のために、相手が自分を好きになるように仕向けるんだよ。うまくいくかどうかは別として、そういうふうに行動する。もしうまくいっても、気持ちを受け入れるつもりはもともとない」

「普通《ふつう》に、悪いじゃん。正しくは、感じが悪い」

また日浦《ひうら》。こいつらしい、簡潔な返事だ。

対して、有希人《ゆきと》はニコニコしたまま、なにも言わなかった。ひょっとすると、あまり話す気がないのかもしれない。

「……だよな」

「けど、お前だってそれくらいわかってんだろ。なのにわざわざ人に聞くのは、状況《じょうきょう》が『普《ふ》通《つう》』じゃないからだ」

「さすが日浦《ひうら》。話が早い」

「ふんっ」

日浦《ひうら》は鼻で笑って、横目で俺を見た。

とぼけてるようで、いつも鋭《するど》い。だから日浦《ひうら》は頼《たよ》りになるし、怖《こわ》いんだ。

「話せることだけ、全部話せ。でなきゃ時間の無駄《むだ》だ」

カウンター席を拭《ふ》きながら、日浦《ひうら》が言う。

幸い、こうして事情が知られるかもしれないことは、もう湊《みなと》も承知してくれている。これも、解決法を探《さぐ》るためだ。

俺は少し考えてから、登場人物全員の名前を伏《ふ》せて、現状をできるだけ話した。

それが済む頃《ころ》には閉店作業も終わり、俺たちはくつろぐように、バラバラに座っていた。

「その男好き女のことは、大体わかった」

「男好き女いうな」

まあ、名前を伏《ふ》せてる以上仕方ないんだけども。

ただ状況《じょうきょう》的に、ふたりとももう誰《だれ》のことなのか、察しもついてることだろう。

「で、そいつがさっきのお前の質問に、どういう関係があるんだ」

「……まあ、要するにだ。その男好きを直すために、付き合うつもりがない相手を好きにさせてもいいか、って、そういうことだよ。原因を探《さぐ》るのに、役に立つだろうからさ」

「回りくどいな。誰《だれ》が、誰《だれ》を、好きにさせるんだ？」

「……」

日浦《ひうら》は煩《わずら》わしそうに、そんなことを聞いてきた。

思わず、言葉に詰《つ》まってしまう。たしかに、そこがこの話の肝《きも》だ。

でも……言いづらいんだよな、これ……。

「『好きにさせる』の主語は、お前か」

「……はい、そうです」

「ん、詳《くわ》しく」

……やっぱり、日浦《ひうら》にごまかしは利かないか。

「……そいつが俺を好きになれば、一番いいサンプルになるだろ」

「そうだな」

ひたすら無感情な、日浦《ひうら》の相槌《あいづち》。それが嬉《うれ》しいような、悲しいような。

「情報も得やすいし、ふたりで相談だってできる。まだあいつは、俺を好きになってない。だからもし好きになれば、きっかけがかなり絞《しぼ》れる」

「で、お前は問題解決には、それがベストだと思ってる。けど、さっきの質問の内容が引っかかって、迷ってる。そういうことか」

「……百パーセント、それで合ってる」

そこまで言って、俺は長い息を吐《は》いた。

これは、ここ数日のうちに、たどり着いた結論だった。

最善を尽《つ》くすなら、この方法は無視できない。むしろ、気づくのが遅《おそ》かったくらいだ。

それにもしかすると、湊《みなと》だってもう……。

「まず、お前が言った前提に戻《もど》るけど」

おもむろに、日浦《ひうら》が立ち上がる。

有希人《ゆきと》は相変わらず、なにも言わなかった。

「その男好き女がお前に惚《ほ》れても、お前には、気持ちを受け入れるつもりがない、ってことだな？」

「おう……」

「それは、絶対か？」

「……ああ。絶対だよ」

「ふーん」

日浦《ひうら》は睨《にら》むように目を細めて、俺を見た。

その視線が痛くて顔をそらすと、憐《あわ》れんだような有希人《ゆきと》の顔が、窓に反射していた。

「けど、そいつだってべつに、お前に惚《ほ》れたところで、付き合いたがるとは考えにくいんだろ」

「まあ……そうだな。でも、だからっていいのかな……こんなの」

日浦《ひうら》の言おうとしていることは、俺にもなんとなくわかっていた。

けれどこれは、理屈《りくつ》よりも感情の問題だ。特に恋愛沙汰《れんあいざた》には、そういうことが多い。

きっと俺は、背中を押してほしかったんだと思う。

自分の考えが正しいっていうことに、自信がないから。

情けない話だな……。

「めんどくさいからシンプルにいくぞ」

「……頼《たの》む」

日浦《ひうら》はゆっくりと、俺の方へ歩いてきた。それから、向かいの席にすとんと座って、テーブルに頬杖《ほおづえ》を突《つ》いた。細い小指が目元に添《そ》えられて、涙袋《なみだぶくろ》がプニっとなっていた。

「あたしが思うに、そもそもその方法は、解決策としてイマイチだ」

「えっ……なんでだよ？」

そんな、土台をひっくり返すようなことを……。

「人が誰《だれ》かに惚《ほ》れるのに、ひとつの決まったパターンなんてねーだろ。メンクイがブスに惚《ほ》れることだって、普通《ふつう》にあるんだから」

「まあ、それはたしかにな……」

でも、そういう話がまさか、日浦《ひうら》の口から出るとは。

「つまりそいつがお前に惚《ほ》れても、それが特例なのか、そうじゃないのかは、結局わからないわけだ。しかももし特例だったら、それを情報に含《ふく》むの自体がマズいってことになる。イレギュラーはデータにはならないからな」

「な、なるほど……」

荒《あら》い口調に反して、日浦《ひうら》の話はひたすら論理的だった。

考え方がドライなぶん、こういうときは本当に、核心《かくしん》を突《つ》いてくる。

「……じゃあ、日浦《ひうら》ならどうする？」

「あたしなら、まず信憑性《しんぴょうせい》の高い仮説を立てて、明石《あかし》はそれの確認《かくにん》に使う。サンプルとして貴重だからこそ、無駄撃《むだう》ちは致命的《ちめいてき》だ。まあ、それでも確実じゃないけどな」

「おぉ……頭いいな、日浦《ひうら》」

「お前の視野が狭《せば》まってんだよ。こう」

言いながら、日浦《ひうら》は手を両目の端《はし》で立てるジェスチャーをした。

ふむ……そうなのかもしれない。

湊《みなと》との距離《きょり》が近すぎて、逆に考え方が固くなってたのか。

「ただそうなると、どうやって仮説を立てればいいんだ？　イレギュラーがあるかも、って話になるなら、俺以外のデータだって、そうかもしれないだろ」

「当たり前じゃん。っていうか根本的に、お前らのやり方は理にかなってないんだよ」

「えっ……ホントか？」

湊《みなと》の惚《ほ》れ癖《ぐせ》の原因を調べるために、まず好きになる相手の条件を探《さぐ》る、っていうのは、正しいと思ってたんだが……。

「惚《ほ》れっぽさの原因なんて、相手じゃなく、そいつ自身にあるって考えるのが自然だ。ビッチがビッチなのは、周りじゃなくてそいつの問題なんだから。ならお前がやるべきなのは、相手より、そいつについて調べることだろ」

「お、おお……日浦姐《ひうらねえ》さん」

なんという変化球……！

いや、でも日浦《ひうら》の理論だと、これが正攻法《せいこうほう》なのか。

すっかり、自分のやり方を疑ってなかった。専門外だ、なんて言っときながら、俺が一番自分を過信してたのかもしれないな……。

「ありがとな、日浦《ひうら》。ちょっと、考え直してみるよ」

「まだ前のアイスも奢《おご》ってもらってないぞー」

「わかったわかった。今度サーティワン二段な」

俺が言うと、日浦《ひうら》は呆《あき》れたような、けれど満足そうな笑《え》みを浮《う》かべた。

偶然《ぐうぜん》とはいえ、日浦《ひうら》が今日ここに来てくれてよかった。

明日、さっそく湊《みなと》と話してみよう。止まってた流れが、大きく変わるかもしれない。

「お前はバカだから、ついでにもう一個言っとくけどなー、明石《あかし》」

「ん？　まだあるのか、金言が」

いつも天使の問題には興味なさげなのに、今日は大盤振《おおばんぶ》る舞《ま》いだな。

「どう考えてもおかしいことが、ひとつ残ってるだろ」

「おかしいこと？　なんだよ、それ」

「その男好き女は、そもそもなんでまだ、お前に惚《ほ》れてないんだよ」

「えっ……」

……。

「……べつに、それくらいおかしくないだろ。人には好みのタイプってもんが——」

「無意味な反論すんな。そいつのそれまでの傾向《けいこう》からして、お前に惚《ほ》れないのは不自然だ。もちろん、惚《ほ》れてても隠《かく》してる、っていう可能性もあるけどな」

いや……それはない。俺のちからで確認《かくにん》してる以上、隠《かく》すことなんてできないからだ。

湊《みなと》は、絶対に俺のことは、好きじゃない。

でも、それがそんなにおかしいか？

「お前は、そいつを助けてんだろ」

「……まあ、できる限りは」

「そのために、何度も会ってんだろ」

「あ、ああ」

「なら、惚《ほ》れてなきゃおかしい。それにお前って、まあまあいい男だもん」

「えっ」

えっ。

「ひ……日浦《ひうら》さん？　あの……」

「あ？　このあたしがしょーもない男と、こんなにつるむと思ってんのか。舐《な》めんなよ」

「……サーティワン、三段にしてやる」

「三段はねぇよ。二段のワッフルコーンな」

「まかせろ、なんでも買ってやる」

日浦《ひうら》……お前は三大美女じゃないかもしれないが、俺にとっては女神《めがみ》だよ……。

「要するに柚月《ゆづき》……おっと、そいつがお前に惚《ほ》れない理由を探《さぐ》るのが、あたしが思う最短ルートだ」

「おい……。ま、まあ、そうだな。そいつにも聞いてみるよ。誰《だれ》なのかは秘密のそいつに」

「はいはい。秘密のそいつにな」


日浦《ひうら》と別れて、その帰り道。

駅までのときめき坂を、今日は有希人《ゆきと》と歩いた。

結局、有希人《ゆきと》はさっきの俺の相談に、なにも答えていなかった。

乗り気じゃない相手に、無理に助言を求めようとは思わない。思わないけれど、こいつが黙《だま》っていたのが、俺には純粋《じゅんすい》に不思議だった。

「まるで、お前と逆だね」

「え？」

あまりに唐突《とうとつ》だったせいで、なにを言われているのか、すぐにはわからなかった。

「秘密のその子。お前と逆だ」

「……逆？」

「あれからずっと、誰《だれ》も好きになれないお前。そして、誰《だれ》かれ構わず好きになってしまう、その子。正反対だよ」

「……」

「いや、同じ、なのかな」

有希人《ゆきと》の言葉の意味が、今度は本当にわからなかった。

ククク、と喉《のど》を鳴らしてから、有希人《ゆきと》は続けた。

「なんでもない。お前が決めたなら、全力で助けてやるといいよ。でも、手伝えることがあったら、言っておいで」

「……相談したのに、今日なにも言わなかったろ」

「亜貴《あき》ちゃんがいたからね。あの子、モテるだろう」

「いやぁ、どうかな。ガサツだから、あいつ」

なんとなく癪《しゃく》だったので、日浦《ひうら》がプラスフォーなんて呼ばれてることは、黙《だま》っておいた。

「嘘《うそ》つけ。俺がお前なら、絶対口説いてる。脈ありそうだし」

「おい。犯罪っぽいぞ」

「いいなぁ、高校生同士は合法で」

有希人《ゆきと》は冗談《じょうだん》っぽく笑って、それ以上はもう、この話はしなかった。

◆　◆　◆

日浦《ひうら》にスーパーアドバイスをもらった、次の日の放課後。

「だから、まあ、あー、つまりな」

「……」

俺は湊《みなと》を、学校の屋上に呼び出した。

いつものカフェにしなかったのは、今日の話を有希人《ゆきと》に聞かれるのが、単にいやだったからだ。事情は知ってるわけだし、からかってきたりはしないだろうが、それでもいやなものはいやだ。

「お前が俺を……その、好きにならない理由を、調べればいいいんじゃないかと……」

湊《みなと》には、日浦《ひうら》からの助言を手短に説明した。

それだけでも恥《は》ずかしかったが、この結論を伝えるのは、ますます照《て》れ臭《くさ》い。

部活をやっている生徒の声が、グラウンドのある方からかすかに聞こえてくる。管楽器の音もそれに混じって、どことなく寂《さび》しい気分にさせられた。

「……ふぅん」

「お、おいっ。ふぅん、って言うなよ！」

　せっかく頑張《がんば》って話したのに！

「だ、だって……！　なんか、恥《は》ずかしいんだもん……」

「あ、はい。そうですね……いや、わかる」

　どうやら、湊《みなと》も気持ちは同じだったらしい。だが考えてみれば、それも当然だ。

　湊《みなと》の顔はほんのり赤かった。屋上の風が黒い髪《かみ》を撫《な》でて、白い首筋が露《あら》わになる。

　白と、黒と、赤と。ひょっとしたらこの三色の組み合わせが、この世で一番美しいのかもしれない。そう思わせるくらいに、湊《みなと》は綺麗《きれい》だった。

「でも……私、やっぱりわからないわよ」

「……そうか」

「うん……。お、覚えてないかもしれないけど、私だって伊緒《いお》のことは……好きになっちゃうんだろうなって、思ってたし」

　忘れるわけがない。あんな、ドキドキしすぎた出来事を。

　それは、初めて有希人《ゆきと》のカフェで話した、その帰り道での会話だ。

「だから……不思議よ。なんで、まだ好きじゃないのか」

「うぐっ」

　つらい……！

「ご、ごめんっ……！　でも、その」

「いや、わかってる、わかってるぞ……。ただ、なぜか涙《なみだ》が出るだけで……」

「も、もうっ！　意地悪なこと言わないでよっ！」

「だって、好きになれなくてごめん、とか、悲しすぎるだろ……」

「い、伊緒《いお》！　ごめん！　ね？」

「俺、魅力《みりょく》ないかな……」

「そ、そんなことないっ！　……たぶん」

「でも、好きではないんだよな……」

「ねぇっ！　もう！」

「いや、嘘《うそ》です。気にしてないです」

さすがに湊《みなと》に悪いので、冗談《じょうだん》……冗談《じょうだん》はこのへんにしておこう。

ヘコんでなんかないもんね、全然。いや、マジでマジで。

「そもそも、お互《たが》い好きになってほしいわけでも、好きになりたいわけでもないしな。むしろ、そうなってないおかげで、今助かってるんだし」

「……結局理由はわからないから、助かってはない気もするけど」

「たしかにー……」

そうでした……。うーん、突破口《とっぱこう》になるかと思ったんだが。

「もう一回聞くけど、自分が惚《ほ》れっぽい原因は、やっぱりわからないんだよな？」

「……うん」

少し、湊《みなと》の返答に間があった。

たぶん、無力感の表れ。けれどなんとなく、違《ちが》うかもしれない、とも思った。

「……ホントに、わからないか？　まったく心当たりがないか？」

日浦《ひうら》いわく、ビッチがビッチなのは、周りじゃなく本人の問題、だ。

たとえの倫理性《りんり》はともかく、今は湊《みなと》自身について、あらためて深掘《ふかぼ》りしてみるべきなんだろうと思う。

が、湊《みなと》は俯《うつむ》いて黙《だま》っていた。

前髪《まえがみ》の隙間からちらりと見えた表情は、俺の想像にも数段増して、暗かった。

「ない。ないもん。前にも言ったでしょ。わかったら、頼《たの》んでないっ」

「……だな。すまん」

「う、ううん……」

弱々しく、湊《みなと》が首を振《ふ》る。

結局、お手上げか。

まあ、考え方を変えてすぐにうまくいくほど、甘くはないのかもしれない。

「なあ、湊《みなと》。ちょっと時間もらってもいいか」

「えっ……」

「俺なりに、もう少し考えてみる。今回みたいに、なにか新しい視点が見つかるかもしれない。それに、今はそういうのが必要だと思う」

「……うん。わかった。それまで、私はどうすればいい？　好きな人を増やすのは、続ける？」

「いや、いい。一旦《いったん》休んでくれ。それでも自然と好きな相手が増えて、なにか気づいたら、教えてほしい」

「……そう。ええ、そうね。ありがとう」

そこまで話して、俺はグッと腕《うで》を上に伸《の》ばした。

身体《からだ》をほぐせば、頭も柔《やわ》らかくなったりすればいいんだが。

「あの……伊緒《いお》」

「ん？」

「…………ごめんなさい。あなたには、本当に感謝してる」

……。

「いや……いいよ。それに、まだ終わってないだろ？」

「そうね……。うん、そうね」

「……なにか」

言いたいことでもあるのか？

そう聞こうとして、俺は口をつぐんだ。

どうせ、少し時間を置くんだ。状況《じょうきょう》も、湊《みなと》の気持ちも、そのあいだに変わるかもしれない。

――それに。

「じゃあ……またね」

バタンと音を立てて、湊《みなと》が屋上を出ていく。

それを見送ってから、俺はなんとなく、そのまま屋上の床《ゆか》に仰向《あおむ》けになった。

雲間から差す陽の光で、目の奥がじんわりと痛む。なぜだか、しばらく起き上がれそうになかった。

……あれはたぶん、なにか言いたいんじゃなくて。

「言いたくない、んだろうな……」

空に向かって、わざとらしくそんなことをこぼしてみる。

わからないことが、また増えたのかもしれなかった。

◆　◆　◆

湊《みなと》と会わないまま、すぐに一週間が過ぎた。

そのあいだ、俺は滞《とどこお》り気味だった天使の仕事を、少しだけ進めた。牧野《まきの》とも通話したし、新しく二年生の女子からの相談も受け始めて、一度話した。

そっちの相談は湊《みなと》のそれに比べて、やるべきことがシンプルだ。だから楽だ、とはもちろん言わないが、悩《なや》むことは少ない。

ただ、ふたりともけっこうなヘタレなので、背中を押すのに苦労しないこともない。

まあそうでなければ、天使なんて必要もないんだけれど。

「うぇーい、スペアー」

カコーン、という軽快な音で、ふっと顔を上げた。

投球を終えた三輪《みわ》玲児《れいじ》が、ドヤ顔で戻《もど》ってくる。雑なハイタッチをしてから、俺は自分の球を持って構えた。

この日は玲児《れいじ》に誘《さそ》われて、放課後ふたりでボウリングに来ていた。予定もないし、気分転換《てんかん》もしたかったので、ちょうどよかったのだ。

京阪石山坂本線《けいはんいしやまさかもと》、俺の家の最寄《もよ》りである、浜大津《はまおおつ》駅のそばの商業施設《しせつ》。その黄色い建物の中に、県内唯一《ゆいいつ》のラウンドワンがある。

さすが滋賀《しが》県、ラウワンがひとつとは、絶妙《ぜつみょう》に田舎《いなか》だ。他県民に、「琵琶湖《びわこ》しかない」といわれるだけのことはある。ちなみに実際は、琵琶湖《びわこ》は県面積の六分の一にしか満たないし、この事実を滋賀《しが》県民は、なぜかめちゃくちゃ得意げに語る。

そんな貴重なラウワンだが、学校から離《はな》れているせいか、久世《くぜ》高生《こうせい》はあまりいない。というか本来は部活どきなので、来ているのは他校の帰宅部がメインだろう。

「うわ、伊緒《いお》スプリットじゃん。勝ったな、このゲーム」

「いや、これは取れる。そして、次でお前がミスして俺が勝つ」

「ほーん。じゃ、動画撮《と》っとこう」

「おいっ、卑怯《ひきょう》だぞ。精神攻撃《こうげき》か」

「勝負は勝てばいいのだよ、豆腐《とうふ》メンタル伊緒《いお》くん」

後ろでピロンと音がして、動画が回り始めたのがわかる。

俺は全ての雑念を振《ふ》り払《はら》い、明鏡止水の心でボールを投げた。

ふんっ。舐《な》めるなよ、玲児《れいじ》め。

「はい、ゼロピーン」

「……くそう」

あっけなく、ボールはピンのあいだをすり抜《ぬ》けていった。天吊《つ》りのモニターに、ムカつく演出が流れる。

これで、かなり勝ちの目は薄《うす》くなった。

「動画、日浦《ひうら》に送っとこう」

「やめろや」

「じゃあクラスＬＩＮＥに貼《は》るか」

「もっとやめろ！　全員既読《きどく》無視するやつだろそれ！　しかも、結局日浦《ひうら》も見るし！」

ツッコミの連続に疲《つか》れ、俺はドカッと椅子《いす》に座り込んだ。交代で玲児《れいじ》が立ち、投球へ向かう。

負けたらジュース奢《おご》り。学生らしい、ちょうどいい緊張《きんちょう》感。ただ玲児《れいじ》は妙《みょう》にうまいので、今まで八割がた俺が負けている。

ずるいぞ、あいつ。

「……」

残念ながら、湊《みなと》の問題については、特に進展はなかった。向こうから連絡《れんらく》もない。早い話が、どん詰《づ》まりだった。

もしも湊《みなと》がなにか、隠《かく》してるなら。

正直、もうそこくらいにしか、新しい手がかりはないのかもしれない。

だが隠《かく》してるというのだって、あくまで俺の推測だ。表情や声音《こわね》の違和感《いわかん》から、そんな気がした、というだけ。まずは、その前提から確認《かくにん》しなきゃならない。

……でもなぁ。

「はいー、ストライーっ」

「……はぁ」

俺の直感が、万が一当たっていたとして。

ここまで黙《だま》ってるってことは……いやなんだろうな、話すの。

秘密を追及《ついきゅう》されたくない気持ちが、俺にはわかりすぎてしまう。

だから、できれば湊《みなと》には自分から、打ち明けてほしい。

いや、きっと俺のこの考えが、状況《じょうきょう》を停滞《ていたい》させてるんだとは思うが……。

「……どうしたもんか」

煮《に》え切《き》らない思いのまま、俺は残りのフレームを無気力に投げた。


「ほいよ、コーヒー」

「センキュー」

ベンチに座った玲児《れいじ》に、ひょいっと缶《かん》コーヒーを投げる。俺も自分のコーラのプルタブを起こし、向かいに座った。

この施設《しせつ》のエントランス広場には、ベンチが大量に並んだ休憩《きゅうけい》スペースがある。

ちなみに、頭上には小さい玉を集めてデカい球体を作った、変なオブジェが吊《つ》られている。

昔からあるが、これがなんなのかは未《いま》だに不明だ。興味もないけども。

「お前、相変わらずコーラ好きな」

「相変わらずうまい」

「俺ダメなんよねー。しゃっくり出ちゃうから」

「かわいそうに。このうまさを享受《きょうじゅ》できんとは。炭酸と糖分で頭も冴《さ》えるし、最高だぞ」

「あぁ、だから普段《ふだん》はあほなのか」

「コーヒー返せ」

「ほい。もうないけど」

くそっ、どこまでもこけにしおって……。

「でも、中学の頃《ころ》は全然飲んでなかったろ、炭酸なんて」

「……味覚の変化だよ。大人になったからな」

「いや、どっちかっていうと子どもっぽいだろ」

……。

「そーいや、伊緒《いお》」

「なんだよ」

「わかったのか？　例の、惚《ほ》れっぽいビッチの謎《なぞ》は」

「……いや。お手上げだよ」

「なーんだ。つまらん」

玲児《れいじ》のやつ、覚えてたのか。てっきり興味ないのかと。

ってていうか、ビッチじゃねぇよ。

「珍《めず》しく、おもしろそうな話だと思ったのになー」

「おもしろくないし、つまらなくもない。天使の仕事は、全部マジメだ」

「でも、他人事《ひとごと》だろ」

「……他人事《ひとごと》だって、俺には大事なんだよ」

俺は例の天井《てんじょう》のオブジェを見上げて、玲児《れいじ》に聞かせるようにため息をついた。

近くのロッテリアから、焼けたバンズとチーズの匂《にお》いがする。けれど、不思議と食欲は湧《わ》かなかった。

「人のことより、まず自分のことをなんとかしろよ」

玲児《れいじ》が言った。

うるせぇ、と返そうとしたのに、玲児《れいじ》の口調が妙《みょう》に穏《おだ》やかなせいで、できなかった。

「……なんともならないよ、俺は」

「お前はなんともならないのに、その子はなんとかなるのか？」

「えっ……」

気づけば、玲児《れいじ》はやけに真剣《しんけん》そうな目で、こっちを見ていた。

「一緒《いっしょ》じゃねーの。お前も、その子も」

「……」

「自分のこと棚《たな》に上げてる自覚、あんの？」

「……今度こそうるせぇ」

俺が睨《にら》んでも、玲児《れいじ》はわざとらしくそっぽを向くだけだった。

銀のピアスが鈍《にぶ》く光って、横顔がムカつくほど端正《たんせい》だった。

「お前こそどうなったんだよ、自分の方は」

「ん？　なんの話よ？」

「例の後輩《こうはい》の彼女」

たしか、前に一度だけ、教室に来てるのを見た。玲児《れいじ》が好きそうな、派手めの子だった。

「あー。別れた」

「……早いなおい。まだ三週間とかだろ」

「合わないのが三週間でわかって、よかったよかった」

玲児《れいじ》は気楽そうに、ハハハと笑う。

まあ、こういうのは今に始まったことじゃないけれど。

「そんなにすぐ別れるなら、付き合う前にもうちょっと考えろよ」

「なーに言ってんだ。付き合ってみなきゃ、相手のことなんてわかんないだろ。まず付き合って、ダメなら別れる。俺に言わせりゃ、それが一番手っ取り早いし、確実だ」

玲児《れいじ》は楽しげで、けれどふざけている様子は一切《いっさい》なかった。

たしかに、言ってることはわからなくもない、かもしれない。ただそのせいで、こいつはフった相手に恨《うら》まれがちなのだが。

「それになー伊緒《いお》。お前みたいに、付き合うってことのハードルが高いやつばっかりじゃないんだよ。好きじゃなくても、告られたら付き合う、ってやつも多いんだ」

「俺がどうこうの話はともかく、それはまあ、そうだな」

べつに、ハードル高くなんてないぞ、俺は。普通《ふつう》だろ、普通《ふつう》。……普通《ふつう》だよな？

「なんなら、好きって言われたのがきっかけで、こっちも相手を好きになる、なんてこともあるしな。人によっちゃ、好きなんてそんなもんだよ」

「……ん？」

好かれたのがきっかけで……好きに……。

…………。

「まあ、つまりだ伊緒《いお》。悪いことは言わん。お前も、あの先輩《せんぱい》のことはそろそろ——」

「おぉっ‼」

気づけば、俺は飛《と》び跳《は》ねるように立ち上がっていた。

そのあいだにも、頭が勝手に動いて、思考を進めていく。

どう考えても、こんなことしてる場合じゃない。

「な、なんだよ急に。なんか嬉《うれ》しそうだな……」

「玲児《れいじ》！」

「声デケぇ……」

「今度、お前もアイス奢《おご》ってやる！」

「え……ああ、まあ、じゃあ遠慮《えんりょ》なく？」

首を傾《かし》げる玲児《れいじ》を放って、俺はさっさと出入り口の自動ドアをくぐる。

カバンの重さも忘れて、家までの帰り道をひたすら走った。

「……あっ」

家の玄関《げんかん》で靴《くつ》を脱《ぬ》ぎながら、乱れた息を整える。そこで、大事なことに気がついた。

『アイス、一段な！』

玲児《れいじ》にＬＩＮＥでそう断って、スマホをポケットに仕舞《しま》う。返信の通知も無視して、俺は今までのことを、順々に思い出していった。

湊《みなと》の相談を受けてから、そして、もっと以前からのことを。

◆　◆　◆

週末、土曜日。

俺の呼び出しに、湊《みなと》はすぐに応じてくれた。

いつものように有希人《ゆきと》のカフェで、テーブル越《ご》しに向かい合う。

湊《みなと》はシックな黒いブラウスと、デニムのタイトジーンズだった。前に京都《きょうと》に出かけたときとは違《ちが》い、すっきりして大人っぽい印象の服装だ。

これはこれで、凄《すさ》まじく似合っている。が、生憎《あいにく》今日はそれどころではない。

「わかったかもしれない」

お互《たが》いに飲み物が運ばれてきたところで、そう切り出した。

強炭酸のスプライトで喉《のど》と、緊張《きんちよう》した頭をスッキリさせる。

「わかったって……なにが？」

「お前が、人を好きになる条件だよ」

言い放つ。

が、湊《みなと》は俺の期待に反して、息を呑《の》んだように眉根《まゆね》を寄せた。

少し、怯《ひる》んでしまう。けれどここまで来て、尻込《しりご》みしてもいられなかった。

「調査の仕方を、変えてみた」

「……どういうこと？」

「やっぱり、ヒントは湊《みなと》が好きになった連中にあったんだ。ただ、見逃《みのが》してただけで」

「……なにか、共通点がわかったの？」

「ああ。ひとつ、まだやってないことがあった。しかもそれは、偶然《ぐうぜん》にも俺にしかできない」

俺は自分の手のひらを開いて、湊《みなと》に見せた。

言いたいことが伝わったのか、湊《みなと》は驚《おどろ》いたように、目を丸くした。

「確信があったわけじゃない。でも、試《ため》す価値はあった。お前が今好きな、三十人。そいつらにできるだけ、触《さわ》ってきたぞ」

もちろん、ひどく手間はかかった。けれど、それだけだ。

他校の男子や、湊《みなと》の家の近くの人間はともかく、久世高《くぜこう》の男子なら、簡単に顔に触《さわ》ることができる。

当然、予想が外れていれば、途中《とちゅう》でやめてもよかった。だが、実際は……。

「三十人中、触《さわ》れたのは二十八人。そのうち、二十七人が」

「……」

「お前のことを、好きだった」

ハンカチを拾った、うちのクラスの青木《あおき》も。

昼休みに話していた、三年の先輩《せんぱい》も。

一度も会話してない、湊《みなと》と同じクラスの地味な男子も。

それに、天使の相談を受けてる牧野《まきの》だって、湊《みなと》が好きだ。その牧野《まきの》を、湊《みなと》も好きになっていた。

「それから、会話が多かったのに、お前が好きにならなかったイケメン。そいつにも、触《ふ》れてきた」

「……そうしたら？」

「お前のことは、好きじゃなかった。彼女がいるからかもな。ほかにも何人か、似た条件のやつは触《さわ》ってみた」

「でも、みんな私のことは、好きじゃなかった……」

「そういうことだ」

湊《みなと》はいつの間にか、妙《みょう》に落ち着いていた。胸に手を当てて目を閉じ、ゆっくり息をしている。

結論を伝えるべく、俺はまた口を開いた。

「湊《みなと》、お前はたぶん、自分のことを好きな相手を、好きになってるんだ。正確には、好きっていう気持ちが伝わってきた相手に、反応するみたいに」

それが、俺が立てた仮説だ。

今回ばっかりは、ヒントをくれた玲児《れいじ》に感謝しなきゃならない。

「だから、お前は俺のことも好きにならなかった。俺が、お前に恋愛《れんあい》感情を持ってないからだ。お前が俺に惚《ほ》れないのは、やっぱり俺のせいだったってわけだ」

そこで、俺は手元のグラスの残りを、一気に流《なが》し込んだ。口の中でシュワシュワと音がして、炭酸の痛みに顔が歪《ゆが》む。

でもそうでもしないと、このおかしな空気に耐《た》えられそうになかった。

湊《みなと》は、黙《だま》っている。なにを考えているのか、わからない。

惚《ほ》れ癖《ぐせ》を直す、大きな一歩。そうなるかもしれないのに、つらそうに、ただ俯《うつむ》いている。

「……すれ違《ちが》っただけの他校の男子への一目《ひとめ》惚《ぼ》れは、もしかすると、向こうがお前に一目《ひとめ》惚《ぼ》れをして、それをお前も感じたからなのかもしれない。だがそれも全部、何人かで検証すれば、正しいかどうか確かめられる。それが済んだあとで、あらためて原因を──」

「いいわ、確かめなくて」

俺の言葉を、湊《みなと》が切り捨てるように遮《さえぎ》った。

無機質な声だった。

「えっ……なんでだよ。お前、絶対直したいって言ったろ」

「なんでもよ。それに、たぶん合ってるわよ。そうじゃないかって、思ってたから」

「思ってたって……お前」

それは、いつからだ？

ならなんで、黙《だま》ってた？

「ありがとう、伊緒《いお》」

湊《みなと》の顔は、ひどく悲しい。

泣いているのに、涙《なみだ》が出ていない。そんな不思議な、痛々しい表情で。

「もう、相談はこれで終わり。あとは、自分でなんとかするわ」

「は？　おい！」

湊《みなと》は千円札を置いて、席を立った。

ピンと伸《の》びた背中が、追いかけてくるなと、そう言っていた。

「好きになる理由がわかっても、原因はわからないだろ！　直すなら、最後まで！」

その声も無視して、湊《みなと》が店を出ていく。

俺はその場から動けずに、ただバカみたいに、立ちすくむことしかできない。

カウンターを見ると、有希人《ゆきと》が珍《めずら》しく、心配そうにこっちを覗《のぞ》いていた。

それを、ありがたいと思ってしまうくらいには、今の俺はどうしようもなく、むなしさでいっぱいだった。


もしも、人の心が読めたら。

俺はどうするだろう。どうしただろう。

「うーん、私？　私はねぇー……」

いや、きっとそれでも、俺は自分のために使ったと思う。

相手の好きな人がわかる、ってだけのちからでさえ、俺はそうやって使ってきたんだ。

人の役に立つことがしたい、なんていうのは、ちからがないから言えることだ。ちからがないから、みんなそう言うんだ。

普通《ふつう》の人にはないこんなちからが、自分にはあってしまって。

それを好きなように使う自分が、すごく卑怯《ひきょう》に思えて。

でも、やっぱり自制もできなくて。なにが正しいのか、全然わからなくて。

だから、彩羽《あやは》がどうするのか。彩羽《あやは》なら、どう答えるのか。

俺はそれが聞いてみたかったんだ。

「そうだなぁ……うん。たぶん、悪いことにも使っちゃう。あはは」

「えっ……」

そう言った彩羽《あやは》は、照《て》れ臭《くさ》そうにこっちを向いて、綺麗《きれい》な眉《まゆ》を下げて笑った。

「嫌《きら》いな人の秘密を暴いたり、テストでみんなの心を読んで、ズルしたりとか。あ、それいいなぁ」

「……ダメだよ」

「だって、できるのにやらないなんて、無理だもん私。神様はちからを授《さず》ける相手を間違《まちが》えました。残念」

「泣いてるよ、神様も」

また、あははと笑う。

俺は単純で、バカだから。

彩羽《あやは》が味方してくれたみたいで。俺のことをわかってくれたみたいで。すっかり嬉《うれ》しくなってしまっていた。

「あ、でも！　ちゃんといいこともするよ。もちろん」

「……いいことって？」

「そのちからで、大切な人とか、好きな人を助けたり？　心が読めるなら、色々できそうでしょ？　私にしか気づけないこととか、あるかもしれないしね」

「……それって、たとえば？」

「うーん。じゃあ、伊緒《いお》くんが悲しそうにしてたら、慰《なぐさ》めてあげる」

その言葉で、心臓が跳《は》ねた。

だって、今の話は。

今は、そういう前提だったから。

「お姉さんがハグしてあげるよ。それに、頭も撫《な》でてあげる。伊緒《いお》くんは、私の大切な人だからね」

「……いらないよ」

「あっ、照れてるの？　やっぱりかわいいなぁ、もう」

「照れてないって」

本当は、照れてた。ドキドキして、胸が痛くて、苦しかった。

だけど、それ以上に嬉《うれ》しくて、幸せで、うまく言葉が出なかった。

「だからね……伊緒《いお》くん」

「……ん」

「困ったり、つらかったら、いつでも私に話して。そうすれば、ちからがなくても、助けてあげられるから。ちからなんて、なくても。ね」

「……うん」

いつまでも忘れない、この記憶《きおく》が。

あの顔が、声が。

「……彩羽《あやは》もね」

「……」

俺にはずっと愛おしくて、だから今も、縋《すが》ってしまう。

それは、悪いことなのだろうか。

「彩羽《あやは》も、言ってね」

なあ、答えてくれよ。

彩羽《あやは》。

第六章　天使と少女の長い放課後

仕事モード、オン。

変声機オッケー、カメラはオフ。通話品質、最悪。

『天使、聞こえるか？』

どっちかのWi-Fiの不調か、サイトが重いのか。多少声が途切《とぎ》れるが、まあ仕方ない。

「ああ、平気だ。もしダメでも、そのときはチャットで」

『おっけー』

「それで、今日はどうした？」

牧野《まきの》の方から、「話がある」と言われた。そのときは要件は聞かなかったが、たぶん……。

『うん。……俺、告白するよ、柚月《ゆづき》さんに』

「……ああ、そうか。決心がついたんだな」

できるだけ、嬉《うれ》しそうに、明るく。そう思ったけれど、さすがに口調が重くなった。

ボイチェンと、回線不良に感謝だな。こんな声、とても直接は聞かせられない。

『時間かかったけど、やっと勇気が出たんだ。天使のおかげだ。ホントに、ありがとな』

「いや……お前が頑張《がんば》ったんだよ」

また、声が暗い。

いい加減、切《き》り替《か》えろよ、久世高《くぜこう》の天使。

『……どうかしたのか？』

「なんでもない。応援《おうえん》してるよ、牧野《まきの》」

『おう！　それでさ、どうやって告白するのがいいかなって……。最後まで、頼《たよ》りきりなのは情けないけど……』

「気にするな。そこまでが私の仕事だ」

『おっ、また私に戻《もど》したのか。いいのに、俺でも』

「ダメだ。そのせいで、ほかの相談者相手にも、俺って言いかけた」

『あはは。そりゃまずいな』

笑い事じゃない。性別はバレない方が、正体を隠《かく》すうえでも、相談を受けるうえでも、なにかと便利なんだ。

『……なんか、さみしいよ。俺、天使とは、友達になりたかったな』

しんみりとした声音《こわね》で、牧野《まきの》が言った。

牧野《まきの》は知らない。自分が天使と隣《となり》のクラスだということも。前の体育のバドミントンで、天使と試合をしたことも。

本当は俺が、お前の恋《こい》が実らないのを、知っているということも。

知っているのに、俺にはお前を、止める気がないということも。

「本当に、悪いな……」

『天使の活動に、支障が出るんだろ？　俺だって、もうわかってるよ』

「……ありがとう」

友達になりたい、か。

残念だけど、今回はさすがに、俺にそんな資格はないよ、牧野《まきの》。

◆
◆
◆

それからの数日間、俺はひたすらぼーっとして過ごした。

学校は行っている。普通《ふつう》に授業も受けている。でも、ただそれだけだ。

放課後に湊《みなと》に会うこともなければ、言葉を交《か》わすこともない。

それどころか、天使の仕事も一時休業。牧野《まきの》は一段落したが、相談を受けていたもうひとりの女子には、謝罪の連絡《れんらく》も入れてしまった。

ずっと同じことばかり、グルグル考えている。

「……」

どこで、間違《まちが》えたのか。

それとも、最初からダメだったのか。

わからないし、知る手立てもない。湊《みなと》には学校でもがっつり避《さ》けられていて、LINEも未読無視だ。

なんとか話ができないかと、一度だけあいつの教室を訪ねたりもした。が、俺が教室に入るなり、湊《みなと》は拒絶《きょぜつ》するように俺を睨《にら》んできた。美少女は目力も強い。すっかりビビって退散し、それきりだ。

これじゃあいよいよ、なにもできない。

「……はぁ」

うまくやれている、と思ってた。

たとえ専門じゃなくたって、やる気もあったし、変なちからもある。

なんとかできる。そうでなくても、お互《たが》い納得《なっとく》のいく形で、ちゃんと終われる。

そう、思ってたのに。

「はぁ～～～」

「うっさいな。ため息やめろ。ナゲットがまずくなる」

向かいの席で、日浦《ひうら》が吐《は》き捨《す》てるように言う。

放課後、俺は部活をサボった日浦《ひうら》に連れられて、県道沿いのマクドナルドに来ていた。以前湊《みなと》と初めて話した湖岸沿いの公園から、少し北に行ったところだ。

ちなみに、当然ながら滋賀県民は『マクド』派である。一応関西だからな。影《かげ》は薄《うす》いけども。

日浦《ひうら》は白くて細い脚《あし》を際《きわ》どく組んで、ナゲットとポテトをひょいひょいつまんでいた。

さっきポテトを貰《もら》おうとしたら鋭《するど》いしっぺが飛んできたので、今俺の手は膝《ひざ》の上だ。

待てができてえらい。人は痛みに弱いのだ。

「お前、最近死んでるな」

「来世は貝になりたい」

「そりゃいいな。静かになるし」

「……日浦《ひうら》ぁ」

なんて冷たいやつ……。でも、優《やさ》しくてもそれはそれで気持ち悪い。これくらいの扱《あつか》いの方が、かえって気が紛《まぎ》れるかも……。

「どうせ、例の秘密の誰《だれ》かだろ。フラれでもしたか？」

「……」

「図星かよ」

「やっぱり優《やさ》しくしろ」

「キモっ」

もういやだ！　ホントに貝になるぞ俺は！

「……」

「ひとり言なら、邪魔《じゃま》はしねぇけど」

「ひ……日浦《ひうら》さま……っ！」

「早よしろって」

これが、これがツンデレか……。俺にその属性はないが、ちょっと目覚めそうだ。

いや、今はそんなことはいい。

「……」

「……」

「……必死だったからさ、あいつ」

日浦《ひうら》は返事をしない。

ちゃっかり二種類もらったナゲットのソースを、ポテトにつけて食べ比べしている。

まあ、ひとり言なんだから、関係ない。

「なんとかしてやりたいなって、思ったんだよ。……そりゃ、いつも受けてるような相談とは、かなり違《ちが》ったけど」

引き受けたからには、全力で助ける。

そうまで言ったのに、結局、こんなことになった。

「信頼《しんらい》関係も、築けてると思ってた。俺はあいつを信じてたし、あいつもきっとそうだ、って。そこは普段《ふだん》の仕事のときと同じだ。相談するなら、お互《たが》い本気じゃなきゃダメなんだ」

「やっぱソースはバーベキューの方がうまいなー」

「……もし、ダメでもさ。ダメでも、ダメだったな、って。でも、きっといつかなんとかなるよなって。一緒《いっしょ》にそう言えるって思ってたんだけど……ミスったみたいだ、俺」

「マスタードはたまに食いたくなるんだよなぁ」

……。

「安請《やすう》け合《あ》い……だったのかな、やっぱり」

「待てよ？　混ぜたらどうなるんだ？」

「好きなやつに告白したい。そういうやつを助けることしか、俺にはできないのかな。今回もそういう話だったら、多少無理やりでも、踏《ふ》み込んでいけるんだけど……」

「……」

「もし……なにか事情があって、あいつがそれに触《ふ》れられたくないなら……。それがあいつにとって、惚《ほ》れ癖《ぐせ》を直すよりも大切なら……」

「……」

「……首、突《つ》っ込めないよなぁ。正直……めちゃくちゃ気持ちわかるし」

——お前はなんともならないのに、その子はなんとかなるのか？

そうなんだよ、玲児《れいじ》。

——一緒《いっしょ》じゃねーの。お前も、その子も。

そうかもしれないから、こうして、なにもできずにいるんだよ、俺は。

「なら、本人に聞けよ」

「……えっ？」

日浦《ひうら》だった。

日浦《ひうら》はまだこちらを見ず、目を細めて店内を眺《なが》めていた。

「こっちに落ち度があったのか？　って。これ以上踏《ふ》み込まれたくないのか？　って」

「……」

「考えたって、なにもわかんないだろ。そいつに直接聞いて、それでどうするか決めればいい。多少いやがられるのはしゃーない。でもお前にはそれくらいの権利、あると思うけどな」

ずずっと、日浦《ひうら》のシェイクから、残りわずかのさみしい音が鳴る。

俺は唯一《ゆいいつ》注文していたファンタグレープのフタを開けて、氷をいくつか口に入れた。

ガリガリと噛《か》むと、冷たさで少し、歯が痛かった。

しばらく、ふたりとも黙《だま》っていた。

「……日浦《ひうら》」

「ん」

「ポテト、一本くれ」

「ん」

短い返事と同時に、赤い紙のポテトバッグの口が、こちらに差し出される。

思い切って長いポテトを引《ひ》っこ抜《ぬ》いたのに、日浦《ひうら》はなにも言ってこなかった。

「……ソースもつけていいか？」

「マスタードな」

「バーベキューがいい」

「マスタード」

諦《あきら》めて、黄色いソースにポテトをつける。多めに、つけてやる。

「うま」

「……」

「……なるほど。聞いてみるもんだな」

態度では、ダメっぽかったのに。

ちゃんと聞いてみれば案外、答えは違《ちが》うのかもしれない。

「……日浦《ひうら》」

「ん」

「ありがとう」

「ん」

◆　◆　◆

牧野《まきの》から、湊《みなと》に告白してフラれた、という報告が入った。

牧野《まきの》は悲しそうで、けれどどこか清々《すがすが》しそうで。

謝る俺に、牧野《まきの》は恨《うら》み言《ごと》を吐《は》くどころか、何度も何度もお礼を言った。

おかげで後悔《こうかい》しなくて済んだ。これからは、ひとりでも頑張《がんば》れそうだ、と。

いつか絶対恩返しする、という牧野《まきの》の言葉を最後に、俺たちの恋愛《れんあい》相談は終わった。

嬉《うれ》しかったし、悲しかった。それに、申し訳なかった。


決意を固めるのに、丸一日かかった。

放課後のチャイムが鳴る。俺はカバンも持たず、すぐに教室を出た。向かう先は、隣《となり》の二年七組。柚月湊《ゆづきみなと》のところだ。

ドアから出てくる数人の生徒を押しのけて、無理やり教室に入る。湊《みなと》はまだ自分の席に座って、ぼんやり窓の外を眺《なが》めていた。

「おいっ」

そう声をかけながら、湊《みなと》の席に一歩近づく。視界の端《はし》に、藤宮《ふじみや》の姿が見えた。

今日は絶対に、引き下がらない。そう決めていた。

……のだが。

「柚月《ゆづき》ぃ。あんた、最近大人しいね」

俺より先に、湊《みなと》の前にひとりの女子が立っていた。

派手なメイクに明るい髪《かみ》の、山吹歌恋《やまぶきかれん》だった。

「なに？　身《み》の程《ほど》知って、陰《いん》キャになった？　ウケる」

山吹《やまぶき》は口元を引き上げて、相手をバカにしたような笑《え》みを作った。座ったままの湊《みなと》に、悪意のこもったセリフを吐《は》く。

山吹《やまぶき》の声で、不穏《ふおん》な空気が部屋中にじんわり広がっていくのがわかった。そそくさと帰っていくやつもいれば、ヒソヒソ話をしながら様子を窺《うかが》っているやつもいる。

肌《はだ》に刺《さ》さるような、見えない棘《とげ》。それが湊《みなと》本人だけでなく、周りの人間にも向けられているようだった。

「清々するわー、あんたが出しゃばんのやめてくれて。マジ目障《めざわ》りだったからさぁ」

おそらく山吹《やまぶき》は、湊《みなと》が好きな相手を増やすための行動をやめて、普段《ふだん》通りに戻《もど》ったことを察知したのだろう。

そしてそれが、自分が前に湊《みなと》に絡《から》んでいやがらせした、その成果だと思っている。成果を誇《ほこ》って、それを周りにも見せつけるために、わざわざこんなことをしている。実際は、違《ちが》うのに。

「でもさぁ柚月《ゆづき》。あんたが男に媚《こ》びるビッチで、性格も終わってるっていうのは、べつに変わってないからね？」

　幼稚《ようち》だ、見ていられないほどに。

　人を傷つけることで、優位に立った気になる。立てると思ってる。

　考えてることも、言ってることも、全部間違《まちが》いだらけだ。

「あんたはただ、私が怖《こわ》くて丸まってるだけ。それに、私知ってるから。あんた、中学の頃《ころ》にも――」

　これ以上続くなら、止める。たとえ湊《みなと》が強くたって、俺とあいつの今の関係がどうだって、割って入るべきだ。

　そう思ったけれど、俺が動くよりも早く、バチン‼　という鋭《するど》い音がした。

「っ……⁉」

　湊《みなと》が立ち上がって、制服と髪《かみ》をなびかせていた。右手が、身体《からだ》の左側に大きく流れている。

　頬《ほお》を引っ叩《ぱた》かれた山吹《やまぶき》が、バランスを崩《くず》し、倒《たお》れそうになっていた。

　まるで時間が止まったみたいに、教室が静まり返った。

「……てめぇっ‼　なにすんだよ‼」

「あんたに‼　関係ない‼」

　絶叫《ぜっきょう》が響《ひび》く。湊《みなと》の頬《ほお》を、涙《なみだ》が流れている。

悲痛に歪《ゆが》んだ顔のまま、湊《みなと》が駆《か》け出《だ》す。

追いかけようとした俺は、けれど不意に、誰《だれ》かに腕《うで》を掴《つか》まれた。

「明石《あかし》くんっ！」

「……なんだよ」

藤宮詩帆《ふじみやしほ》が、祈《いの》るような目で俺を見ている。

ふるふると首を横に振《ふ》って、言った。

「話があるの。今度は、もっと大事な」


俺は藤宮《ふじみや》を、喫茶《きつさ》プルーフに招いた。家は逆方向らしいが、ある程度安全に話ができる、という利点を、藤宮《ふじみや》も優先してくれたのだ。

店に入った俺たちを見ても、有希人《ゆきと》はなにも言わなかった。ただいつものように爽《さわ》やかに微笑《ほほえ》んで、俺の肩《かた》をポンと叩《たた》いた。

いつもは湊《みなと》がいた席に、藤宮《ふじみや》を座らせる。

栗色の髪の奥で、小さな口がゆっくり動いた。

「実は……私知ってるの」

「……知ってるって、なにを」

「湊《みなと》が……あの子が、なにに悩《なや》んでるのか」

「……」

「もちろん、本人に聞いたわけじゃない。でも、見てればわかった。それから今回のも、きっとそれ関係なんだろうなって」

ひどく悲しそうで、それから、謝っているような言い方だった。

「そうか……」

「うん。でも話してくれないから、知らないフリ、してた」

今度は、少し拗《す》ねたような声。

藤宮《ふじみや》に話さなかった湊《みなと》の気持ちも、それが気に入らない藤宮《ふじみや》の気持ちもわかってしまって、俺はなにも言えなかった。

「……湊《みなと》、最近元気なくてね」

「……ああ」

「心配だった。明石《あかし》くんとも会ってなさそうだから、もしかして、明石《あかし》くんのせいなんじゃないかって思った。それに、今も思ってる」

藤宮《ふじみや》が、問《と》い詰《つ》めるような目を向ける。

残念ながら、反論の材料は一切《いっさい》ない。そのつもりもない。

俺が黙《だま》っていると、藤宮《ふじみや》はふっと笑って、頷《うなず》いた。

「聞きましょう」

「……すまん」

なにがあったのか。どうして、こうなったのか。

俺は藤宮《ふじみや》に、今までのことをザッと話した。『惚《ほ》れ癖《ぐせ》』については、藤宮《ふじみや》の方から先に話題に出して、知っているという証明をしてくれた。

俺が湊《みなと》の相談に乗っていたこと。

それで、ひとつの仮説にたどり着いたこと。

湊《みなと》が突然《とつぜん》自分から、相談を打ち切ったこと。

それから、俺が久世高《くぜこう》の天使であることも、藤宮《ふじみや》には打ち明けた。でなきゃ、湊《みなと》が俺に協力を頼《たの》んだ理由に、説明がつけられなかったからだ。

俺がその話をすると、藤宮《ふじみや》は「そっか。そっか」と言って、少し泣いた。なぜ相談相手が自分ではなく、見知らぬ地味な男子だったのか、合点《がてん》がいったからだろう。

ちからの話はしなかった。理由は例のごとくだ。それでも矛盾《むじゅん》は出なかったし、藤宮《ふじみや》もなにも疑問に思っていなさそうだった。

「……よく、わかりました」

「悪かったよ……任されてたのに」

「ううん。明石《あかし》くんのせいじゃない。それに、こうして話してくれたしね。明石《あかし》くんの秘密まで絡《から》んでるなら、ますます私には言えないわけだ、湊《みなと》も」

そこで一度、藤宮《ふじみや》は長い息を吐《は》いた。釣《つ》られるようにして、俺も深呼吸を挟《はさ》む。

「湊《みなと》は……わかってるんだと思う。自分を好きになった人を、なんで自分も好きになっちゃうのか」

「……」

「それに、私も今の話で、わかったかも……」

「……でも、あいつは俺に、それを話したくない？」

「うん、たぶんね。だけど、聞いてほしいって気持ちも、あるんじゃないかと思う。それに、惚《ほ》れ癖《ぐせ》を直したいっていうのは、きっとちゃんと、ホントのこと」

それは、その通りだろう。そうじゃなきゃ、そもそもこんなことにはなってない。

「私の口からは、やっぱり話せないけど……」

「……おう」

「もし……明石《あかし》くんがまだ、湊《みなと》のこと、見捨てないでいてくれるなら。……もう一回だけ、踏《ふ》み込んであげてほしい。あの子、いやがるかもしれないし、怒《おこ》るかもしれないけど。でも、話してみろって、言ってあげてほしい」

藤宮《ふじみや》が、うるうると揺《ゆ》れる瞳《ひとみ》で俺を見る。

悔《くや》しそうに、もどかしそうに、そしてそれに耐《た》えるように、口を真一文字に結んでいた。

「……俺でいいのか」

「うん。明石《あかし》くんでダメなら、私でもダメだと思うから」

藤宮《ふじみや》がすぐに首肯《しゅこう》する。相変わらず、かわいらしいのに、意志が強そうな目だ。

責任重大だな……いろいろと。

……。

「あいつの住所、わかるか？」

「えっ？　……う、うん！」

「おっけー。なら、今から行ってくる。それにもともと今日は、そうするつもりだったんだ。タイミング最悪だったけどな」

「明石《あかし》くん……」

「明日土曜だし、二日も待てない。ＬＩＮＥ教えるから、住所書いて送っといてくれ」

頷《うなず》く藤宮《ふじみや》と連絡先《れんらく》を交換《こうかん》し、俺たちはレジに向かった。ふたり分の精算を済ませ、さっさと店を出る。

「明石《あかし》くん」

「ん？」

ときめき坂を歩く途中、藤宮《ふじみや》が声をかけてきた。

さっきまでと違《ちが》い、こっちをからかうような、軽い声だった。

「そういえば、結局どうして、湊《みなと》のほっぺた触《さわ》ってたの？」

「……いや、べつに、深い意味はない」

「好きなの？　湊《みなと》のこと」

「だから、違《ちが》うって……」

「えぇー。おすすめだよ？　湊《みなと》」

そりゃおすすめだろうさ。なにせ、久世《くぜ》高三《こう》大美女なんだから。もちろんそれだけじゃないけれど。

「かわいいし、スタイルもいいし。それに、いい子だから」

「……そうだな」

「明石《あかし》くんなら、まあ、私もギリギリ認めちゃうかも？」

「ギリギリかよ。お前がよくても、あいつがいやだろ」

藤宮《ふじみや》は一度学校に戻るらしく、俺たちは京阪膳所《けいはんぜぜ》駅とＪＲ膳所《ぜぜ》駅に、それぞれ別れた。

俺がＪＲ改札への階段を上がる直前、藤宮《ふじみや》が後ろから、楽しげに言った。

「今日は、ハグまでは許します」

「……しないよ」

「あ、また即答《そくとう》できてない」

クスクスと笑いながら、藤宮《ふじみや》が手を振《ふ》る。

最後に「任せたぜ」と言い残して、彼女は京阪《けいはん》の改札に消えていった。

◆ ◆ ◆

滋賀県《しが》一の都会である草津《くさつ》駅の、ひとつ手前。南草津《みなみくさつ》駅周辺に、湊《みなと》のマンションはあるらしかった。

ちなみに『草津《くさつ》』といっても、温泉があるところではない。名湯『草津《くさつ》温泉』は群馬《ぐんま》の草津《くさつ》町《まち》で、滋賀《しが》にあるのは草津《くさつ》市だ。こっちには冷たくてデカい湖しかない。なんてややこしい。

だが、南草津《みなみくさつ》駅は京都《きょうと》駅まで、電車でわずか十八分だ。おかげで京都《きょうと》のベッドタウンとして、このあたりは微妙《びみょう》に栄えている。微妙《びみょう》にな。そこはほら、あくまで滋賀《しが》県だから。

南草津《みなみくさつ》駅、通称《つうしょう》ミナクサで電車を降り、地図アプリを開く。藤宮《ふじみや》に送ってもらった住所を頼《たよ》りに、まずは国道を目指した。

しばらく歩いて、焼肉屋があるデカい交差点で、信号を待つ。

なにを、どう話すのか。俺はさっき電車でまとめた考えを、もう一度反芻《はんすう》していた。

ふと、信号の対岸に目が行った。

「……あ」

その姿には見覚えがあったし、もしなかったとしても、そうなったと思う。

こちらに歩いてくる学生服の少女は、背筋をピンと伸《の》ばして、ひたすらに綺麗《きれい》で、だけど暗い顔をしていた。

「湊《みなと》」

「……伊緒《いお》？」

驚《おどろ》きを隠《かく》せない、その表情。

湊《みなと》は何度か瞬《まばた》きをして、耳に着けていたイヤホンをはずした。前に俺があげた、白のワイヤレスだった。

力なくため息をついてから、湊《みなと》が言う。

「……買い物」

「ん？」

「手伝って。そのあとで、うちに」

「……了解《りようかい》」

駅前の西友まで戻《もど》って、ふたりで買い物をした。

湊《みなと》は慣れた手つきで、野菜やインスタント食品、日用品を、俺が持っているカゴに詰《つ》めていった。あまり、高校生が自分で買わなさそうなものばかりだった。

セルフレジで会計をして、一緒《いつしよ》に袋《ふくろづ》詰めをした。ひとつずつ荷物を持って、湊《みなと》のマンションまで歩く。

俺たちは、ほとんど会話をしなかった。

ただ途中《とちゅう》、湊《みなと》がこちらを見ずに一度だけ、「ごめん」と言った。

湊《みなと》のマンションは、見るからに高級そうな外観だった。湊《みなと》がスマホをかざすと、音を立ててオートロックが開く。おそらくスマホケースの中に、ICチップの入ったカードキーかなにかがあるのだろう。

「ちょっと、待ってて」

俺にそうひと声かけて、湊《みなと》は先に部屋に入っていった。買ったものや、もともとあるものを片付けているのかもしれない。

「どうぞ」

少し顔が赤い湊《みなと》に促《うなが》されて、ドアをくぐる。

玄関《げんかん》の奥にある扉《とびら》は閉じられていて、俺はその手前の部屋に案内された。

低い長方形のテーブルに、クッションがふたつ。それ以外には特になにもない、がらんとした部屋だった。

「ひとり暮らし、なのか?」

諸々《もろもろ》の状況《じょうきょう》を踏《ふ》まえると、そう考えるのが自然な気がした。

「ううん。母親……お母さんも、住んでることになってる。でないと、久世高《くぜこう》通えないから」

答えながら、湊《みなと》は俺の斜《なな》め前にすとんと座った。

久世高《くぜこう》は公立高校だ。詳《くわ》しくはないが、受験規定の関係やらでいろいろあるのだろう。
だが、今はそんなことよりも……。

「……来たのね」

「ああ、来た」

湊《みなと》の顔が、また暗くなる。

「藤宮《ふじみや》と話したよ」

「……詩帆《しほ》と？」

「うん。それと、実は前にも、一回絡《から》まれた」

前回と、今回。俺は藤宮《ふじみや》とのあいだにあった出来事を、湊《みなと》に話した。

今日は、説明してばっかりだ。いや、それだけ俺たちには、隠《かく》し事《ごと》が多かったってことなんだろう。そのツケが回ってきたんだと思う。

「そう……」

湊《みなと》の表情は複雑だった。驚《おどろ》きとか、罪悪感とか、そういうものがごちゃ混ぜになって、整理しきれていないのかもしれない。

「でもべつに、藤宮《ふじみや》に言われたから、来たってわけじゃない」

「……」

「あとで質問するよ。いったい、どういうことなんだ？　って。なにを隠《かく》してたんだ？　って」

「……あとで？」

「ああ。俺の話が、終わったあとで。だからそれまで、なんて答えるか考えといてくれ。聞いてくれなくても、いいからさ」

湊《みなと》は不思議そうな顔で、かすかに頷《うなず》いた。

思えば、自分から誰《だれ》かにこの話をするのは、これが初めてだ。

けれど、それくらいしなきゃいけないと思った。

だって、言いたくないことなんて誰《だれ》にだってある。それを、聞こうっていうんだ。

なら、まずはお前から。それが、筋ってもんだろう？

「これは、俺が久世《くぜ》高《こう》の天使になった、そのきっかけの話だ」

四季《しき》彩羽《あやは》という、女の子がいた。

俺のひとつ年上で、同じ中学の先輩《せんぱい》だった。

髪《かみ》が長くて、歳《とし》のわりに大人びた顔つきで、美人だった。でも、中身はしっかり子どもっぽくて、それがなんだかおかしかった。まあ、俺だって人のことは言えないけどさ。

特別な人だった。誰《だれ》から見てもそうだったと思うし、俺にとっては、間違《まちが》いなく。

彩羽《あやは》はいつも、入っちゃいけないはずの屋上にいた。授業は普通《ふつう》に受けてたみたいだけど、屋上以外で彩羽《あやは》と会ったことはなかった。

昼休みも、放課後も、俺は彩羽《あやは》に会いにそこへ行った。

彩羽《あやは》と俺は、毎日いろんな話をした。くだらないことや、冗談《じょうだん》を言い合って、それでもたまにムキになって、喧嘩《けんか》もして。

……いや、違《ちが》うな。彩羽《あやは》がどんなやつだったかとか、なにを話したとか。そういうことは、あんまり関係ないんだ。

ただ、これだけが重要で、紛《まぎ》れもない事実なんだ。

俺は、彩羽《あやは》が好きだった。

もちろん、恋愛《れんあい》感情だよ。当たり前だろ。憧《あこが》れとか親愛とか、そういうんじゃない。

しっかりと、どうしようもないくらい、本当に好きだった。

ちゃんと、告白しようと思ったんだよ。ただのバカなガキだったけど、自分の意志で、好きな女の子と関係を進めたいって思ったんだ。

あのときの俺が唯一《ゆいいつ》、褒《ほ》められるとすれば、そこだけだな。

なんて言うのかも決めて、あとは勇気を出すだけ。でも、そこで俺は気づいた。

——もし、フラれたら？　舞《ま》い上《あ》がってるのは、俺だけだったとしたら？

自信がないわけじゃなかった。話してるとき、いつも彩羽《あやは》は楽しそうだったし。

それに屋上に来てるのだって、来てもいいのだって、俺だけだったから。

でも……わからないだろ？

相手が自分をどう思ってるかなんて、告白するまでわからない。いや、告白したって、わからないかもしれないんだ。お前なら、理解できると思うけど。

つまり早い話が、怖《こわ》かったんだ、俺は。

もしフラれたら、毎日の幸せだった時間が、なくなるかもしれない。それに、俺だけ勝手に好きになって、彩羽《あやは》が迷惑《めいわく》がるかもしれない。

この時間を失うのも、好きな子にいやな思いをさせるのも、いやがられるのも、怖《こわ》かった。

それで、どうしたのかって？

さっきも言ったけど、俺はバカだったんだよ。今よりも、もっと。それに背も低かったし、声もちょっとだけ高かった。でも、今と同じだったことが、ひとつある。

ちからがあったんだ。顔に触《さわ》れば、相手の好きな人がわかる、このちからが。

お前も、考えなかったか？　俺からこのちからについて聞いたとき。

なら、自分が好きな相手に使えたら、すごく便利じゃないか、ってさ。

そんなのは、バカでも思いつく。十四歳《さい》の俺だって、すぐに考えた。

いや、ちからがあるって知ったすぐあとから、ずっと考えてた。

それまで、彩羽《あやは》にちからを使ったことはなかった。

けど告白するなら、その前に、確かめたくなったんだ。

彩羽《あやは》に、好きな人がいるのか。俺のことをどう、思ってるのか。

当然、迷った。それでいいのか？　って。

好きな子だからこそ、ちからなんかに頼《たよ》らず、告白するべきじゃないのか？　って。

でも、俺は彩羽《あやは》の頰《ほお》に触《ふ》れた。

屋上であいつがウトウトした、その隙《すき》に。

ちからが、発動した。

いや、正確には、発動したはずだった。

俺には、誰《だれ》の顔も見えなかった。

覚えてるか？　顔に触《ふ》れてもなにも起こらないなら、それはつまり、その相手には好きな人がいない、ってことなんだ。

明石伊緒《あかしいお》のことを、四季彩羽《しきあやは》はべつに好きじゃなかったって、そういうことなんだよ。

それから、俺は家に帰って、ひとりで泣いた。情けなく、わんわん泣いた。

告白は、しなかった。いや、できなかった。

それでも、彩羽《あやは》を好きな気持ちが消えたりはしなかった。それが余計に、つらかった。

そこまで話して、俺は頭に溜《た》まった澱《よど》みを吐《は》き出《だ》すように、長く深く、ため息をついた。

湊《みなと》はテーブルに両肘《りょうひじ》を突《つ》いて、自分の頰《ほお》を手で包んでいた。目線は下を向いて、唇《くちびる》がわずかに尖《とが》っていた。

「もうすぐ終わるから、そんなにいやそうな顔するなよ」

「ち、違《ちが》うわよっ！　そんなんじゃない！　……そんなんじゃ……なくて」

「……いいんだよ。こんなのは、ただの愚《おろ》かでヘタレな中二男子の、くだらない失敗だからさ」

「そ、そんなこと……」

「でも、問題はこのあとだ。ちょっと、びっくりすること言うぞ」

湊《みなと》が怪訝《けげん》そうに、目を細めた。

言葉以外のものが、漏《も》れてしまわないように。

俺は一度息を止めてから、できるだけ軽く聞こえるように言った。

「彩羽《あやは》が死んだ」

もう、涙《なみだ》は出ない。

そのことにちょっとだけ安心して、でもひどく悲しかった。


丸一日泣いた、そのちょうど一週間後。

彩羽《あやは》は父親の運転してた車で事故に遭《あ》って、そのまま死んだ。父親も一緒《いっしょ》に、即死《そくし》だった。

それからの俺は、まあ、ひどかった。

悲しいのは当然だった。本当に好きだったから。

その人がいなくなって、もう会えないんだって、声も聞けないんだって理解して、俺は何度も部屋で吐《は》いた。

しばらくは、学校にも行かなかった。

もちろん、屋上なんか絶対に行けない。彩羽《あやは》を思い出すものが多すぎるし、それに、柵《さく》をひとつ越《こ》えればいつでも、間違《まちが》いを起こせるからだ。

大切な人が死んだとき、残った人はどうすればいいんだろうな。

その人のことを忘れないように、でも、悲しみはちゃんと忘れるように、ゆっくり消化していくのがいいのかな。

結局、それはまだ全然わからないけど、なんとかするしかないよな。

バカ、なんでお前が泣くんだよ……。話せなくなるから、しっかりしてくれ。頼《たの》むよ。

……最初に言ったよな。これは、天使が生まれたきっかけの話だって。

俺には、彩羽《あやは》が死んでしまったのとは別に、悲しみがもうひとつあった。

それは、彩羽《あやは》に好きだって、言えなかったことだ。

いや、悲しみじゃない。これは、後悔《こうかい》だな。

なんで言わなかった？　彩羽《あやは》が俺を好きじゃなくたって、この気持ちは変わらないのに。

怖《こわ》かった？　なにが怖《こわ》かったんだ？

気持ちを拒否《きょひ》されて、気まずくなって会えなくなることか？

毎日一緒《いっしょ》だったのに、俺だけ好きになったのが、負けたみたいで恥《は》ずかしかったのか？

告白するなら、どうせフラれる今じゃなく、このまま頑張《がんば》って、彩羽《あやは》も俺を好きになって、それからの方がいいと思ったのか？

俺にはちからがあるんだから、それを待った方がいいって？

……きっと、全部当たってた。

いや、自分のことなんだから、よくわかる。俺は、そう思ってたんだ。

でも、実際どうなった？

彩羽《あやは》は死んだぞ。

屋上でだけじゃなく、どこでも、二度と、会えなくなったぞ。

俺が彩羽《あやは》を好きだったことも、あいつは知らずに死んだぞ。

好きだって伝えたら、あいつがどんな顔をするのか、もう見られないんだぞ。

今は俺のこと好きじゃなくても、「ちょっと気になる男の子」くらいの位置にいたのかもしれないんだぞ。

「じゃあお試《ため》しで、ちょっと付き合ってみる？」とか。

「もっとかっこよくなって、頼《たよ》りがいが出てきたら、そのときにもう一回言って」とか。

そんなこと、言ってくれたかもしれないんだぞ。

なあ、お前、こうなるって知ってたら、どうしてた？

フラれるのは、怖《こわ》かったよな。

もう会ってくれなくなるかもしれないって、不安で仕方なかったよな。

拒絶《きょぜつ》されて、引かれて、「そんなつもりじゃなかったんですけど。キモ」なんて言われるのが、怖《こわ》くて怖《こわ》くて、たまらなかったよな。

でも、それでも、今より悲しかったと思うか？

もうなにもできない、二度と好きって言えない、この後悔《こうかい》よりも、つらかったと思うか？

たとえ手ひどくフラれたって、それで全部が終わりじゃないのに。

好きって伝えてれば、なにかがいい方向に変わったかもしれないのに。

お前、忘れられるのか？

彩羽《あやは》のこと、諦《あきら》められるのか？

ちゃんと、失恋《しつれん》もできなかったのに。もう絶対、できないのに。

なあ、伊緒《いお》。なんで、言わなかった？

こうなるって知ってても、また同じようにしたか？

彩羽《あやは》が死にさえしなかったら、やっぱり告白しない方がよかった、って、今でもそう思うか？

違うよな？

さすがの俺だって、そこまで大バカ野郎《やろう》じゃないよな？

言えばよかったんだ。好きだって。

めちゃくちゃ好きだって、言った方がよかった。

どんな結果になったって、それがつらくたって、伝えるべきなんだ。

言わなきゃ、進めないんだ。いつ言えなくなるか、誰《だれ》にもわからないんだ。

そして俺たちは、後悔《こうかい》しなきゃ、それに気づけないんだ。


「だから、俺は天使になったんだ」

いつの間にか枯《か》れそうになっていた声で、絞《しぼ》り出《だ》すように言う。

こんなことなら、西友で飲み物を買っておけばよかったな。

「『天使は恋《こい》に悩《なや》む人を助けてくれる』。それが俺が流した都市伝説の、正確な内容だ。知らないうちに、『恋《こい》がうまくいく』ってことになってるけど、実際は違《ちが》う」

「……」

「告白に踏《ふ》み出《だ》せないやつが、俺みたいに後悔《こうかい》しないように、無理にでも背中を押す。それが天使の行動原理。俺が受け持つのは、恋愛成就《れんあいじょうじゅ》じゃなく、告白の達成なんだ。極端《きょくたん》な話、告白が成功しようが失敗しようが、恋《こい》が実ろうが実るまいが、どっちだっていいんだよ、俺には」

「……そう」

「ああ。でも、告白するには勇気がいるし、勇気を持つためには自信が、自信には根拠《こんきょ》がいる。その手伝いなら、俺は全力でやる」

だって、絶対に成功する告白なんて、この世にはない。

けれど同時に、伝えない方がいい恋心《こいごころ》なんてものも、ない。

俺は、そう信じてる。きっと、俺だけがそれを知っている。

「自分勝手だよ、わかってる。お前みたいに特別な事情があるやつがいるのだって、理解してる。だから、天使の相談は強制じゃない。成功は保証しないってことも、最初にちゃんと伝える。そのうえで、差《さ》し伸《の》べた手を掴《つか》まれて初めて、俺は動く」

そこまで言って、俺はまた深い息をした。

身体《からだ》が重くて、心臓がズクズクと痛かった。

「俺の話は、これで終わりだ。ま、考えるための時間潰《つぶ》しにはなったか？」

そう聞いてみても、湊《みなと》は俯《うつむ》いたまま、なにも言わない。

まあこんな話をされれば、そうなるのも無理はないか。

「……ありがとう、話してくれて」

「いや、むしろ悪かったな。暗いし、それに思ってたより、長くなった」

もうけっこうな時間、喋《しゃべ》ってたはずだ。どうりで喉《のど》が痛いわけだ。

「……それで、湊《みなと》」

「……ん」

俺たちのあいだの空気が、また少し張《は》り詰《つ》めるのがわかった。

そう。あくまで本題は、これからなのだ。

「いったい、どういうことなんだ？　よかったら、話してくれ。いやなら、それでもいいから」

「……」

「ただ、まああれだ。もし話したくなくて、相談ももうやめる、って思ってるんだとしても」

「……うん」

「お前とこんな感じになるのは、ちょっとつらいな、俺。無理に首突《つ》っ込んだりしないから、もっとお互《たが》い、なごやかに終わりたい。もう友達だって、勝手に思ってるから」

それが、俺が考えていたことの全部だった。

あとは湊《みなと》が決めればいい。

秘密も、気持ちも、自分だけのものなんだから。

「……ふぅ」

湊《みなと》は、ゆっくり目を閉じた。

それからひとつ頷《うなず》いて、テーブルの上の俺の手に、かすかに触《ふ》れた。熱くて、柔《やわ》らかくて、少しだけ震《ふる》えていた。

「私も、暗い話だけど、いい？」

「もちろん」

「……それじゃあ私は、びっくりすること、最初に言うわね」

「……」

「小さい頃《ころ》、両親が死んだの。職場の建物が、火事になって」

「……お前、だからさっき、泣いてたのか」

俺の質問には答えずに、湊《みなと》は言葉を続けた。

今度は、泣いていなかった。


ほかに行くところがなかったから、私は母親の妹に引き取られたわ。うん、その人が今のお母さん。べつに、天涯孤独《てんがいこどく》になりました、とか、そういう話じゃない。旦那《だんな》さんもいて、男の子の赤ちゃんもいた。つまり今のお父さんと、弟ね。そのとき私は五歳で、幼稚園《ようちえん》に入った年だった。

お母さんは、私の母親と仲がよくなかったみたい。でもいい人だから、子どもの私にまでキツく当たったりはしなかった。

ただ、やっぱり異物なのよね。私にどう接すればいいのかわからなくて、お母さんもお父さんも、困ってるみたいだった。

実の子どもも生まれたばっかりだったから、自然、ふたりは私を放って、弟の面倒《めんどう》ばっかり見てた。

でも、それも仕方なかったと思う。赤ちゃんって、本当に大変なのよ。ちょっと目を離《はな》しただけでも、なにがあるかわからないから。

私も、自分の立場はよくわかってるつもりだった。引き取ってもらえただけでも、すごく大きな恩。これ以上なにを望むの？　って。だって、そうでしょ？

それに、元の両親は職場結婚《けっこん》で、ふたりともすごい仕事人間だったの。だからほとんど家にいなくて、ベビーシッターさんも事務的な人だったし、ひとりで過ごすのには慣れてたわ。

悲しかったし、寂《さび》しかったけど、どうにもならないから、諦《あきら》めてたのね。

五歳のくせにって？　……そうね、生意気。かわいくない。

でも、たぶんそれは、言い訳だったのよ。

自分は全然なのに、弟ばっかり構ってもらってるのを、ずっと見てたから。

それが当たり前なんだ、って。自分のせいじゃなく、そうなるのが普通《ふつう》なんだ、って。そう思うための、言い訳。

両親……今のお母さんたちの方ね。あの人たちも、同じだったんだと思う。

赤ちゃんが生まれたと思って喜んでたら、急にちょっと大きな娘《むすめ》ができて。でも、その子は本当の子どもじゃなくて、思い出も愛情もなくて。

弟と比較《ひかく》して、どうしてもそれが、自分たちで目に見えてわかってしまって。だから弟の世話を、一生懸命《いっしょうけんめい》やった。そうして、ほかのことができないくらいに頑張《がんば》って、私に構えない、構わない言い訳を作った。

きっとそれが、あの頃《ころ》のあの人たちが、私に言わなかった本心。

こんなふうに考える私って、最低だと思う?

でも私には、あのふたりの気持ちがわかるのよ。

本当の親じゃないふたりのこと、私も、心から好きにはなれなかったから。

だけどもちろん、ふたりには本当に感謝してる。それは絶対に嘘《うそ》じゃない。

だって、嫌《きら》いだった姉の娘《むすめ》を、ちゃんと責任持って育ててくれたんだもの。

子ども育てるのって、適当にやれるほど簡単なことじゃない。まあ、そういう私だって、全然わかってないんだとは思うけど。

それにおかげで、小さい私はなんでも自分でできたわ。ひとりで遊ぶのなんて当たり前で、ご飯の用意もしたし、身の回りのことはどんどん覚えた。

でもそのせいで、私と両親の関わりはますます減っていった。相乗効果ね、いわゆる。

裕福《ゆうふく》な家だったから、お金はいくらでも出してくれた。おこづかいもすごく多かったし、必要なものは惜《お》しまず買ってくれた。

それでも、私はほしいものもあんまりなくて、無駄遣《むだづか》いするのも申し訳なかったから、貯《た》まっていく一方だったけど。

おこづかいを断ったこともあるわ。こんなにいらない、使わない、って。

でも、貰《もら》ってくれ、って言われた。貰《もら》っておきなさい、じゃなくて、貰《もら》ってくれ。

そう言われたら、断れないでしょう？

たぶん、それが罪滅《つみほろ》ぼしになってたんだと思う。お金を出すから、これで許してくれって。

ほかにも、私の頼《たの》みはなんでも聞いてくれたわ。たまにお願いすると、安心したみたいに笑って、ああいいよ、って。

今思えば、なんだか、取引みたいな生活ね。

お互《たが》いにいろいろわかっちゃってて、でもそれを続けるしかないから、義務を果たす代わりに、ちょうどよく権利を使って、使わせて。

これでいいんだって、正しいんだって、お互《たが》いに思って、思わせてあげて。

……ごめん、いいの。つまりわかってほしいのは、私がこういうふうに、育ってきたってこと。

大事なのは、ここから。そう、ひどい惚《ほ》れ癖《ぐせ》の話ね。

前にも話したけど、私の惚《ほ》れ癖《ぐせ》は小学生の頃《ころ》からだった。

それで、中学のときに何人かと付き合ってみて、でもなにも解決しなくて。

原因もわからなくて、だからあなたを頼《たよ》った。そう言ったと思う。

　でも、ごめん伊緒《いお》。それ、嘘《うそ》なの。

その言葉にも、俺はもう驚《おどろ》かなかった。

湊《みなと》は悲しく微笑《ほほえ》んで、また続ける。

「ホントは私、けっこうすぐに気づいたの。自分が、どんな人を好きになってるのか」

「……」

「伊緒《いお》が言ったのと同じ仮説に、私もたどり着いた。それがもう、二年以上前。考える時間はいくらでもあったから」

俺の言った、仮説。

自分のことを好きな相手を、好きになる。反応するみたいに。お返しするみたいに。

「しかも私には、その原因もすぐにわかった。人と違《ちが》う原因は、人と違《ちが》うところにある。そう考えるのが、自然だもの」

湊《みなと》は自虐《じぎゃく》するように、首を振《ふ》った。

「私は、愛されてなかった」

「……」

「……ううん、違《ちが》うわね。そんな言い方、よくない。愛されてると、思えなかった。……バカだったから」

湊《みなと》が、拳《こぶし》を握《にぎ》った。俺の手から、わずかにくっついていた湊《みなと》の指が離《はな》れる。

それを追いかけるように、今度は俺が、湊《みなと》の手に触《ふ》れた。

「……好かれてる、って感じるとね」

顔を伏《ふ》せたまま、湊《みなと》が言う。

「私も好きになりたい、ならなきゃ、って思うの。頭で考えるわけじゃなくて、反射的にそうなる。だってね、好きになってくれてるのよ？　ずっと私がほしかったものを、くれるの。家族の愛情とは違《ちが》ってても……嬉《うれ》しいの。だから、だから、だから私……っ」

「……うん。うん」

湊《みなと》の目から、雫《しずく》がこぼれた。ぽたぽたと落ちて、テーブルの下に消えていく。

俺と湊《みなと》の手は、いつの間にか指を絡《から》ませて結ばれていた。どっちの方からそうしたのかは、もうわからなかった。

湊《みなと》は濡《ぬ》れた頬《ほお》を、もう片方の腕《うで》の裾《すそ》で拭《ぬぐ》った。

「だけど……わからないでしょ？　そんなの」

「……そんなのって？」

「違《ちが》うかもしれない。勘違《かんちが》いかもしれないじゃない。ただ自分のだらしなさを、親のせいにしてるだけかもしれない。私が惚《ほ》れっぽくて、一途《いちず》になれないのには、本当はもっと別の理由があって、それに私が気づけてないだけで……。誰《だれ》かに協力してもらえば、それがちゃんと見つかるかもしれなくて……」

「……」

「だから……あなたを探したの。天使なら、見つけてくれるかもしれない。ホントの理由。私がだめなのは、ただ私だけのせいなんだっていう、そういう答えを……！」

「……そっか」

「だって、きっとあの人たちのせいじゃないから！　お母さんもお父さんも、弟も、誰《だれ》も悪くないから！　だって……だって……！」

湊《みなと》の身体《からだ》が、崩《くず》れるように前に倒《たお》れた。

俺はテーブルをよけて、反射的にそれを受け止める。

まるで子どもみたいに俺にしがみついて、悲鳴のような声で湊《みなと》は言った。

「これ以上……迷惑《めいわく》だって思われたくない……っ！」

肩《かた》の震《ふる》えを止めたくて、俺は湊《みなと》の身体《からだ》に腕《うで》を回した。

それから、もらい泣きするみたいに俺も泣いて、湊《みなと》の頭を撫《な》でた。

湊《みなと》はしばらく泣き止《や》まずに、ずっと嗚咽《おえつ》していた。

なにも、言えなかった。どんなことなら言ってもいいのか、わからなかった。

せっかく任せてもらったのに、ごめんな、藤宮《ふじみや》。

「湊《みなと》」

ああ……でも、そうか。

たしか、ハグはしてもいいんだったよな。

落ち着いた頃《ころ》には、もうすっかり夜になっていた。

俺たちはマンションを出て、ふたりで国道沿いを歩いた。

車のライトと走行音が何度も通り過ぎて、少し眠《ねむ》くなった。

塩元帥《しおげんすい》というチェーンのラーメン屋に入って、塩ラーメンをふたつ頼《たの》んだ。運ばれてきた器《うつわ》が熱くて、また目が覚めた。

厨房《ちゆうぼう》のガチャガチャという音と、周りの喧騒《けんそう》が、今は嬉《うれ》しかった。

「……」

別の答えを見つけたかった、と湊《みなと》は言った。

そうすれば、育ての親を否定せずに済むから。悪いのは自分だけだって、そう思えるから。

だからこそ、湊《みなと》は俺に惚《ほ》れ癖《ぐせ》の原因を探《さぐ》らせて、自分もそれを手伝ったのだ。

なにか、ほかの可能性が見つかるように。同じ仮説に、たどり着いてしまわないように。

でも、ダメだった。

結局、俺は湊《みなと》と同じ結論を出してしまった。だから湊《みなと》には、もう俺に相談する理由がなくなった。

このまま続けても、嘘《うそ》がバレるだけだから。話さなきゃいけなくなる、だけだから。

「……一人暮らししてるのはね」

「うん」

「親から、離《はな》れたかったから……。もう邪魔《じゃま》したくなかったし、邪魔《じゃま》だと思われたくなかった。中学は京都《きょうと》だったんだけど、詩帆《しほ》が引越《ひっこ》しで久世高《くぜこう》に通うことになって、一緒《いっしょ》の高校行きたいって、親にお願いしたの」

「……そういうことだったのか」

「いろいろ手間かけちゃったけど、よかったって思ってる。一人暮らししたい、って相談したときは、ふたりも嬉《うれ》しそうだったし。十何年ぶりの、家族水入らずだもんね」

ふふっとかすかに笑って、湊《みなと》は首を傾《かし》げてみせた。

口に入れたラーメンは、いまいち味がわからなかった。

「……私ね」

「おう」

「もしほかに、惚《ほ》れ癖《ぐせ》の原因が見つからなくても……直せばいいんだって思ってたの」

「……」

「問題が問題じゃなくなれば、もう原因のことなんて、気にしなくていいでしょ？　そうしたら、あの人たちはなにも悪くなくて、私もなにもおかしくなってなくて……全部大丈夫《だいじょうぶ》で……それで……」

「……うん」

「でも……どっちもできなかった。やっぱり直すには、ちゃんと原因を解消しないとダメみたい。……だけど私、どうすればそれができるのか……どうすればいいのか、もう——」

「なあ、湊《みなと》」

それ以上言わせたくなくて、俺は湊《みなと》の言葉を遮《さえぎ》った。

言ってやりたいと思えることを、俺はやっとひとつだけ、見つけることができていた。

「ゆっくりじゃ、ダメか？」

「……えっ？」

「もっと、時間をかけちゃダメなのか？　一途《いちず》じゃない自分が嫌《きら》いなのも、それを両親のせいにしたくないのも、わかる。すぐに直して、楽になりたいのだって、わかってる。でも、お前はそうやって、自分なりに考えて、苦しんで、ちゃんと戦ってるんだ」

「……伊緒《いお》」

「今のまま、ゆっくりでもいいだろ。五年でも、十年でも、二十年でも。いつか、きっとなんとかなると思うんだよ。焦《あせ》らず、ちょっとずつ、変わっていけばいいんだよ」

湊《みなと》の顔が歪《ゆが》んだ。すぐに下を向いて、艶《つや》のある前髪《まえがみ》で見えなくなる。

ずずっと鼻をすする音がして、はぁっと湿《しめ》った息が漏《も》れた。

「俺も、協力する。いつでも話聞いてやるし、一緒《いっしょ》に考えてやる。なんなら、顔だって触《さわ》ってやる」

「うん。……うん」

湊《みなと》は俯《うつむ》いたまま、何度も頷《うなず》いていた。

「俺は、お前の味方だ。だから、のんびり頑張《がんば》れよ」

「あのさ、彩羽《あやは》」

これは、あの日の最後の記憶《きおく》。

「ん、なに？」

別《わか》れ際《ぎわ》、紫と橙が混じった夕暮れどきの空をふたりで見ながら、俺は彩羽《あやは》に聞いた。

自分にもし、人にはないちからが、あったとして。

「……使わない、っていうのは、ダメなのか？」

俺たちはまだ、どうやって使うか、という話しかしていない。

けれど、俺が一番聞きたかったのは、これだった。

「そのちからを？」

「うん」

俺には、ちからがあったから。

ちからのある俺が、ずっと考えていたことだから。

「どうして使わないの？」

笑われるかと思ったけれど、彩羽《あやは》は思いのほか、真剣《しんけん》そうな顔をしていた。

おかげで、マジメに話す勇気が持てた。

「使っても……それで幸せになれるかどうかは、わからないだろ？　かえって、いやな思いをするかもしれない」

だって、俺は実際に、そうだったから。

使わなければ、ないのと同じだ。普通《ふつう》の人と、同じだ。

「まあねー。それはたしかに、そうかも」

「……」

「けどさ、そこはそれ、使い方次第《しだい》じゃない？　うまくやらないとね」

「そりゃ……彩羽《あやは》ならできるかもしれないけど」

「……いやー、どうかなぁ」

「そう思うとさ、ちからがあるのが、いいこととは限らないよな。神様に、ハズレくじ引かされたのかも」

それも、たぶんとびきりの。

いや、もしかすると神様も、まさかちからを渡《わた》したのが、こんなダメなやつだとは思わなかったのかな。

「でも、いいことかどうか、決めるのは自分でしょ」

「……え」

彩羽《あやは》はこっちを見なかった。それに俺も、彩羽《あやは》の方を見なかった。

あいつがどんな顔をしてたのか、俺は知らない。

俺がどんな顔だったのか、彩羽《あやは》も知らない。

「今回はたまたま超能力なだけでさ。それって背が高いとか、おっぱいが大きいとか、もっといえば、産まれたら男の子だった、女の子だった、そういうことと同じなんじゃないかな」

「……」

「全部含《ふく》めて、自分。自分のことをどう思って、どう付き合うのかは、自分で決めるしかないでしょ？　ううん。自分以外に決められるなんて、いやだもん、私」

「……うん」

「だからどんな自分でも、自分だけは好きでいてあげたい。それに、ちゃんと自分が好きでいられるような自分でいたい、って思うの。きっとその方が、毎日楽しいもん」

「……そう、かもね」

彩羽《あやは》が言うなら、そうなのかも。

「まあ、そうじゃないかもだけどねー」

「おい……そこで弱気になるなよ」

そんなところも、彩羽《あやは》らしいけれど。

「だって、答えなんてわからないしね。わからないまま、死んじゃうのかも」

「さすがに、死ぬまでにはわかっておきたいな、答え」

「うん、そうだね」

「……」

「伊緒《いお》くんがもし、わかったら、私にも教えてね」

「……うん」

「やった。じゃあ、伊緒《いお》くんに任せよう」

「任せるなよ、歳上《としうえ》なのに」

「……」

「……」

今にして思えば、おかしな沈黙《ちんもく》だった。でも、なにも言わなくていいような気がした。

「えいっ」

「ふわっ！」

いきなり、首元にひんやりしたものが当たった。思わず、身体《からだ》がビクッと跳《は》ねてしまう。

「あははっ。ふわって言った、伊緒《いお》くん」

「……やめろよ」

振《ふ》り向《む》くと、彩羽《あやは》がペットボトルを持って、楽しそうに、そして嬉《うれ》しそうに笑っていた。

それからボトルの蓋《ふた》を開けて、スッとこっちに差し出した。

「飲む？　カルピスソーダ」

「……炭酸、好きじゃない」

「えー。おいしいのに。ね、試《ため》しにひと口飲んでみて」

好きじゃないって、言ってるのに。

しかもそれって、まさか間接……。

「大丈夫《だいじょうぶ》だってー。今初めて開けたから」

「……じゃあ、ちょっとだけね」

「あ、もしかして、逆にガッカリした？　お姉さんと間接キスできなくて」

「し、してないっ！　バカ！　あほ！」

「怪《あや》しーい！」

からかってくる彩羽《あやは》をいい加減無視して、俺はさっさとペットボトルに口をつけた。

火照《ほて》った顔がスゥッと冷めて、でも、想像してたよりずっと甘かった。

「ね、おいしいでしょ？」

「……あんまり」

「えー。いいもん。これから私が、炭酸のよさをゆっくり教えてあげるから」

「いらないよ……」

「だーめ」

そこで、不意にチャイムが鳴った。

部活が終わって、学校が閉まる。もう、帰らなきゃいけない。

これはあの日の、ホントの最後の記憶《きおく》。

「……彩羽《あやは》」

「ん、なに？」

「でも……超能力なんてもしもの話だよ」

チャイムの音に包まれて、沈《しず》む夕日を眺《なが》めながら、俺は念を押すように言った。

「……うん。もしもね」

もしも。

もしも、彼女が生きていたら。

俺は今、どうなっていたのだろう。

俺たちは今、どうしていただろう。

第七章　恋の天使は激昂する

土曜日。湊《みなと》と長い話をした、次の日。

俺はほぼ一日中、有希人《ゆきと》の店を手伝った。どういうわけかいつにも増して忙《いそが》しかったが、今日はなんとなく、それもありがたかった。

さすがの有希人《ゆきと》も疲《つか》れたようで、閉店作業を始める前に、俺と自分の飲み物を用意して、テーブル席に座り込んだ。ひと休み、ということだろう。

メロンソーダを口に含《ふく》むと、刺激的な甘みと清涼《せいりょう》感で、気分がスッキリする。おまけに疲《つか》れまで取れた気がするので、やっぱり炭酸は偉大《いだい》だ。

「うちのソフトドリンクメニューが豊富なの、お前のせいだよ」

「俺のおかげ、じゃないのか」

「需要《じゅよう》がないものを増やしても、コストが勝つだけだ」

そう言いつつ、しっかり用意してくれている。

絶対口には出さないけれど、有希人《ゆきと》はいいやつだと思う。

「お疲《つか》れ、伊緒《いお》」

「それ、さっきも聞いたぞ」

「いや、こっちは仕事じゃなくて、昨日のね」

「……ああ」

有希人《ゆきと》には、湊《みなと》とのあいだにあったことを、ザッとだが話した。もちろん、マズいところはごまかして。

これからはあいつとここに来ることも減りそうなので、一応礼儀《れいぎ》だ。湊《みなと》にも、ちゃんと了《りょう》承《しょう》は得てある。

「要するに、諦《あきら》めるってことか。いや、長い目で見る、かな」

「ああ。あいつが焦《あせ》る気持ちもわかるけど、すぐには無理だったり、時間が解決したりすることだって、あるからな」

湊《みなと》の惚《ほ》れ癖《ぐせ》の原因。それが本当に、あいつの育ち方にあったとしたら。

過去を変えることはできない。変えられるのは、その過去とどう向き合って、どう考えるか、その姿勢だけだ。

そしてそれには、どうしても長い時間がいる。

「だから、自分もそうだって？」

「……」

「あの先輩《せんぱい》のことを忘れるのにも、時間が必要だって、そういうことか」

「……」

思わず、有希人《ゆきと》を睨《にら》んでしまう。

どこまでも、お節介《せっかい》な従兄弟《いとこ》だ。

「ゆっくりと、時間をかけて進むのは、たしかに大事だね。だけど、伊緒《いお》。進んでないなら、進もうとしないなら、いつまで経《た》っても同じだよ。ただ、時間が過ぎるだけだ」

今にも怒鳴《どな》ってしまいそうな自分に気がついて、俺はメロンソーダを多めに飲んだ。

シュワシュワと、懐《なつ》かしくて悲しくて、愛《いと》しい音がする。

匂《にお》いも味も、温度も。その全部が彩羽《あやは》の声と、笑顔《えがお》を連れてくる。

進めるわけない。だって、炭酸はこんなに甘くて、うまいんだから。

有希人《ゆきと》がふっと息を漏らす。それから柔《やわ》らかく笑って、腕《うで》をグッと伸《の》ばした。

「ところで、ひとつ余計なお世話を言うとね」

「もう言っただろ……」

「違《ちが》う違《ちが》う。柚月《ゆづき》さんに向けて、ね」

「……なんだよ」

「問題を解決するために、原因を解消する。それは、たしかに道理に合ってる。けど、方法は
それだけじゃないかもしれない」

「……どういうことだ？」

有希人《ゆきと》がピンと、人差し指を立てる。

キザな仕草なのに、こいつがやるとやたらと似合っていて、ムカついた。

「こんなことを言うと柚月《ゆづき》さんには悪いけどね。好きになられたら自分も好きになる、っていう、その『好き』は、きっと全然、大したことないよ」

「えっ……」

湊《みなと》の『好き』が……大したことない？

「たしかに好きなんだろうし、恋《こい》なんだろうと思う。それに、人の恋愛《れんあい》感情の大きさをこんなふうに評価するのだって、おこがましいと思う。でも、俺にはそう見える。その恋《こい》は、大した恋《こい》じゃない」

「……なにが言いたいんだ？」

「つまりだ。俺が思う、惚《ほ》れ癖《ぐせ》の解決方法として」

有希人《ゆきと》はいつになく、子どもっぽい目をしていた。

思えば、こいつが湊《みなと》の問題に口を出すのは、これが初めてかもしれなかった。

「大恋愛《れんあい》をすればいいんだよ。誰《だれ》よりも、ほかと比べものにならないくらい好きな、特別な相手を見つける。そうすれば、大元の原因を解決しなくても、なにか変わるかもしれない」

「……大恋愛《れんあい》」

「バカみたいな言葉か？　でも、この世にはあるんだよ、そういうものが。伊緒《いお》にだって、わかるんじゃないか？」

……そうか。

たしかに、ほかの相手のことを考えられないくらい、誰《だれ》かを好きになれば、もしかして……。

「もちろんダメかもしれないし、そもそも大恋愛《れんあい》なんて、なかなかあるものじゃない。しようと思ってするものでもない。だけど、可能性はある。まあ、柚月《ゆづき》さんに伝えるだけ伝えておいても、いいんじゃないかと思うよ」

「……有希人《ゆきと》」

「ん？」

「悔《くや》しいけど、やっぱりお前は大人だよ」

「おーい、やめろよ。ホントに嬉《うれ》しくない」

それから、俺と有希人《ゆきと》は閉店作業をダラダラと済ませて、いつもより遅《おそ》い電車で家に帰った。

『話があるから、週明けに会おう』

寝《ね》る前に、湊《みなと》にそうＬＩＮＥした。

◆　◆　◆

集団に漂《ただよ》う違和感《いわかん》、というものを、俺は感じていた。

月曜日、一限前の朝。

教室、いや、学校中の空気が、どこかおかしい。それも、いやな方に。

ひそひそ話をしてる生徒が多い。それから、はしゃいでる生徒が少ない。目立った動きをするやつは誰《だれ》もいないのに、なにか暗いものが、全体を支配しているようだった。

こういう雰囲気《ふんいき》には覚えがある。たとえば、そう。小学生の頃《ころ》、休み時間にクラスの誰《だれ》かが喧嘩《けんか》して、解決しないまま午後の授業を受けたときのような。

緊張《きんちょう》と気まずさと、興奮。それがちょうど三等分されたような、この空気。

「……なんだ、これ」

せっかく、ちょっとぶりに気が晴れてたのにな……。

教室の端《はし》から、全体を観察してみる。

何人かで集まってコソコソしてるやつ、俺みたいに怪訝《けげん》な顔をしてるやつ、気にしてなさそうなやつ、いろいろ。けれど具体的なことは、イマイチなにもわからない。

ぐるぐるあれこれ考えて、結局最終的には、妙《みょう》だな、という感覚が強まるだけだった。

こんなときは……。

「日浦《ひうら》」

「んー？」

俺は頼《たの》みの綱《つな》、日浦亜貴《ひうらあき》の席を訪《たず》ねた。幸い、日浦《ひうら》はいつも通りな様子で、呑気《のんき》な返事をしてくれた。この安心感、さすが日浦《ひうら》だ。

「なんか、変じゃないか？」

「変だな」

いじっていたスマホをスリープにしながら、日浦《ひうら》があっさりそう答える。

これだけで伝わったってのを踏《ふ》まえても、やっぱり気のせいじゃないらしい。

「お前ならなにか知らないか？　俺にはさっぱり……」

「まあ、多少はな」

「おおっ！　マジか」

それなら話は早い、と思ったけれど、日浦《ひうら》は続けて不思議なことを言った。

「けど、お前にはまだ教えねぇ」

「えっ……なんでだよ」

そんなイジワルな！

「情報が錯綜《さくそう》してる。どれがホントかわかんねぇから、昼までに調べとく。お前は、なにもすんな」

「お、おう……？」

正直、意味も意図もわからない。が、情報収集がうまい日浦《ひうら》が言うならその方がいい……のかもしれない。

その後、日浦《ひうら》はまたスマホいじりに戻《もど》ってしまった。

もどかしいけれど、今はひとまず任せてみよう。「調べとく」だけじゃなく、「なにもすんな」なんて言うからには、それなりの事情があるんだろうし。

……俺、こいつのこと信用しすぎか？


授業が始まっても、例の妙《みょう》な空気は消えなかった。

それどころか、だんだん悪化している気さえする。正確には、ざわめきの性質が変わってきている、というべきか。

今朝は困惑《こんわく》気味だった連中の顔が、今ではニヤニヤと好奇《こうき》心にまみれた顔になっている。クスクスという耳障《みみざわ》りな笑い声まで増えてきて、シンプルに雰囲気《ふんいき》が悪かった。

そして決定的なのは。

「えぇー、柚月《ゆづき》さん、マジ？」

不意に聞こえてきた、そんなセリフだ。

頭が勝手に、いろんなことを考えた。そして、日浦《ひうら》の言葉の意味も、自然とわかった。

なるほど、たしかに俺は、なにもしない方がいいな。あいつにそう言われてなければ、今頃《いまごろ》その辺の誰《だれ》かに突《つ》っかかってた自信がある。

胸騒《むなさわ》ぎを通《とお》り越《こ》した、吐《は》き気《け》みたいな怒《いか》り。それを抑《おさ》えつけたまま、俺はなんとか昼休みを迎《むか》えた。

「噂《うわさ》が広まってる。口伝いと、LINEで」

屋上に入るなり、日浦《ひうら》が言った。

「どんなだよ」

「おっと。まあ落ち着けって。あたしにキレんなよ?」

「……すまん」

一度、深呼吸をした。乾《かわ》いた空気が身体《からだ》を巡《めぐ》って、頭が少し冷える。

危ねぇ……。とことん、日浦《ひうら》には感謝だな。

「座れ」

「ああ……」

促《うなが》されて、日浦《ひうら》と一緒《いっしょ》に屋上の床《ゆか》に腰《こし》を下ろす。ふたりとも、昼食も持ってきていなかった。

「お前ももう気づいたかもしんねぇけど、柚月《ゆづき》に関することだ。しかもだいぶ、たちが悪い」

「……聞かせてくれ」

日浦《ひうら》は頷《うなず》き、不愉快《ふゆかい》そうに口元を歪《ゆが》めた。

「柚月湊《ゆづきみなと》は中学の頃《ころ》、男を何人も取っ替《か》え引っ替《か》えしてたビッチだ。それを隠《かく》すために、京《きょう》都《と》から滋賀《しが》に逃《に》げてきた、とさ」

「……そうか」

頭が、割れるみたいに痛かった。

「……噂《うわさ》の発信元は？」

「今調べてる。けど、すぐ見つかるはずだ。まだ広まって日が浅いからな」

「浅い？　今日からじゃないのか？」

「一昨日、土曜からだな。今日が初めての登校日だから、知らないやつにはそう見える。部活とＬＩＮＥで広まって、今日で爆発《ばくはつ》したって感じだな」

「なるほど……」

また、ズキンと頭が痛む。

俺は今日、まだ湊《みなと》の姿を見ていない。だけど、他人の俺でもこうなるんだ。たぶんあいつは今頃《いまごろ》……。

「あたしからも、一個聞くけど」

「……なんだ？」

「答えられるなら答えろ。この噂《うわさ》は、ガセか？　それとも、マジか？」

日浦《ひうら》が眉《まゆ》をひそめて言った。

自分の惚《ほ》れ癖《ぐせ》が直るかどうか確かめるために、試《ため》しに数人と付き合った。その行為《こうい》を、『男を取っ替《か》え引っ替《か》えした』っていわれれば、正直否定はできない。

だが。

「全然違《ちが》う。久世高《くぜこう》にだって、逃《に》げてきたわけじゃない。……けど、そういうふうに見えるやつは、いるかもしれない」

「そうか」

日浦《ひうら》は表情を変えず、すぐに頷《うなず》いた。少し上を向いて、顎《あご》に手を当てている。

違《ちが》う。でまかせだ。ふざけんな。

次々湧《わ》いてくるそんな言葉を、俺は無理やり飲み込んだ。

「……湊《みなと》がどうしてるか、わかるか？」

言ったあとで、下の名前で呼んでしまったことに気がついた。けれど日浦《ひうら》は、それには一切《いっさい》触《ふ》れなかった。

「孤立《こりつ》だな。誰《だれ》も話しかけてない。でも周りの話題は柚月《ゆづき》のことばっかり。見にいくなよ？」

「……くそっ！」

俺は怒《いか》りに任せて、自分の膝《ひざ》を強く殴《なぐ》った。当然痛いが、そんなのはどうでもよかった。

「出どころがわかったとして、お前、どうする気だ？」

「やめさせる」

「どうやって？　そいつをシメたところで、噂《うわさ》は消えないぞ。広めるのと収めるのじゃ、訳が違《ちが》うんだ」

「……じゃあどうすりゃいいんだよっ⁉」

思わず、大きな声が出た。日浦《ひうら》が、ジト目で真《ま》っ直《す》ぐ俺を見る。その視線で我に返って、俺は頭を抱《かか》えた。

冷静になれ。今一番つらいのは、湊《みなと》だ。

それに俺がうろたえてちゃ、あいつを助けてやれるやつがいなくなる。

「とりあえず、流したやつは明日にでも突《つ》き止《と》めてやるよ。けど、無策で暴走だけはすんな。状況《じょうきょう》が悪くなるだけだ。あほなことしようとしたら、あたしが回《まわ》し蹴《げ》りするからな」

「……わかった。頼《たの》む、日浦《ひうら》」

項垂《うなだ》れるように、俺は日浦《ひうら》に向かって頭を下げた。

こいつがいなきゃ、俺は今頃間違《いまごろまちが》いなく、湊《みなと》の教室に突撃《とつげき》していただろう。本当に、無策で。

昼休みが終わって、俺は午後の授業を、ひと言も聞かずに過ごした。

どうすれば、この事態を収められるのか。広まった噂《うわさ》を消すには、どうすればいいのか。ひたすら、その方法を考えた。

噂《うわさ》が広がるのは、それが本当だからじゃない。広める側にとって、おもしろいからだ。もし嘘《うそ》の噂《うわさ》を真実で否定しても、広める側がそれを支持しなければ、意味がない。

それに、大人気の美少女が実はビッチだ、なんて、高校生が喜びそうな話だ。もともと湊《みなと》に友達が少ないのも手伝って、この噂《うわさ》は生命力が高すぎる。

「……どうする？」

考えがまとまらないまま、俺は授業が終わったあとも、しばらく教室でぼーっとしていた。

家に帰って、湊《みなと》にＬＩＮＥした。通話なら、さすがの俺もバカなことはできないと思ったからだ。それに、湊《みなと》の様子を確認《かくにん》せずにはいられなかった。

『電話していいか？』

『だめ』

短いメッセージが、無駄《むだ》にかわいいポンっという音とともに表示された。

『ＬＩＮＥも』

続けて送られてきたその文面を最後に、湊《みなと》は既読《きどく》もつけなくなった。

話したくない気分、ってことだろう。

「……そりゃそうか」

長いため息が出てしまわないように、俺はグラスの中のコーラを一気に飲み干した。ぬるくてすっかり気も抜《ぬ》けたそれは、いつになくまずかった。

藤宮《ふじみや》にも連絡《れんらく》しようとしたけれど、やめた。あいつは、たぶん俺なんかよりも、もっと怒《おこ》ってるだろうから。

「……どうすんだよ、天使」

ベッドに仰向《あおむ》けになって、そう呟《つぶや》く。情けない声が、虚《むな》しく部屋に吸い込まれていった。

「考えろ。お前には、なにができる……？」

次の日の学校は、もっとひどかった。

一晩明けたせいで、連中の戸惑《とまど》いと好奇心《こうきしん》は、完全に勢力を逆転させていた。

「っていうか、柚月《ゆづき》って前から評判よくなかったもんな、普通《ふつう》に」

「じゃあ、最近いろんな人と喋《しゃべ》ってたのは、本性《ほんしょう》が出てきてたってことね」

「あ、それ私も変だと思ってたー。こっちでも男漁《あさ》り再開、的なこと？」

学校全体が、隠《かく》すこともなく湊《みなと》の話をしている。しかも、『ビッチ』や『浮気《うわき》』など、強い言葉も平気で使われていた。特に後者に関しては、事実とも、最初の噂《うわさ》の内容からもズレている。尾《お》ひれがつき始めているのだろう。

自分の席にカバンを置いて、俺はすぐに日浦《ひうら》のところに行った。

「よう」

「……日浦《ひうら》。頼《たの》みがある」

「なんだ」

「湊《みなと》の様子、見にいくから、ついてきてくれ……」

「おっけー」

俺の意図を察してくれたのか、日浦《ひうら》はあっさりそう答えた。

それから、俺は日浦《ひうら》に服を摑《つか》まれたまま、湊《みなと》の教室を訪ねた。

「……くそっ」

二年七組には、朝なのに明らかに人が多かった。

集まった野次馬が、廊下《ろうか》にまではみ出ている。それなのに、誰《だれ》も湊《みなと》に話しかけているやつがいないというのが、状況《じょうきょう》の異様さを際立《きわだ》たせていた。

湊《みなと》は窓際《まどぎわ》の自分の席に座って、ただ外を眺《なが》めていた。

「……っ」

ちらりと、湊《みなと》の表情が見えた。目を潤《うる》ませて、唇《くちびる》を噛《か》んでいる。

涙と、それから感情が溢《あふ》れてしまわないように、必死に耐《た》えているようだった。

「湊《みなと》……」

日浦《ひうら》に来てもらって、正解だったと思った。

否定したいに決まってる。違《ちが》う、って。嘘《うそ》だ、って。言いたいに決まってる。

でも、できない。本人の発言なんて、噂《うわさ》には逆効果だからだ。

それに、否定するには、代わりに本当のことを言わなきゃならない。それだって、あいつにとっては簡単なことじゃない。

だから湊《みなと》は、この悪意を受けるしかない。黙《だま》って、噂《うわさ》が広まっていくのを、見ていることしかできないんだ。

クスクスと、おかしそうな笑い声が聞こえた。湊《みなと》の肩《かた》が怯《おび》えるように縮こまるのが、はっきりと見えた。

ふと、誰《だれ》かが言った。

「なんかショックー。せっかく三大美女なのにね」

今度は、自分の肩《かた》が跳《は》ねるのがわかった。足が、声のした方に向きそうになった。

だがその直後、日浦《ひうら》が抱《だ》きしめるように、俺の腕《うで》を両手で摑《つか》んだ。緩《ゆる》い力で、グイッと引っ張ってくる。

日浦《ひうら》は俺をじっと見つめて、首を横に振《ふ》った。

「……大丈夫《だいじょうぶ》だよ」

「それはあたしが決めることだ」

「……だな」

ひと通り状況《じょうきょう》を眺《なが》めて、俺たちはさっさと自分の教室に戻《もど》った。

去り際、視線を感じて振《ふ》り返《かえ》ると、今にも泣きそうな顔をした藤宮《ふじみや》と、目が合った。

「情報源がわかったぞ」

放課後。屋上のコンクリに座ってすぐ、日浦《ひうら》が言った。

「……誰《だれ》だ」

「一年の、女子。名前は伏《ふ》せる」

「なんでだよ……」

「そいつは、柚月《ゆづき》と同じ中学だ。でも情報を提供しただけで、噂《うわさ》を広めたやつは別にいる」

「……そっちもわかったのか？」

そう尋《たず》ねながらも、俺にはもう、確信に近い推測が立っていた。

「山吹歌恋《やまぶきかれん》」

「……だろうな」

こんなことをしそうなのは、あいつしかいない。

しかも湊《みなと》は、先週山吹《やまぶき》をビンタしてるからな……。もちろん、原因は向こうにあるが。

「その一年女子は山吹《やまぶき》に脅《おど》されて、中学での柚月《ゆづき》の恋愛遍歴《れんあいへんれき》を話したんだよ。ビッチだとか逃《に》げてきたとかは、山吹《やまぶき》の勝手な誇張《こちょう》か、自然についた尾《お》ひれだな」

「そういうことか……」

「どっちにしろ、ほっといたら好き勝手脚色《きゃくしょく》されてくだろうな。いや、もうそうなってるか」

噂《うわさ》は、広める人間の軽い悪意だけで、どんどん形を歪《ゆが》めていく。

それに当事者が多すぎて、直接の悪口やいやがらせと比べて、収拾《しゅうしゅう》をつけるのが難しい。

山吹《やまぶき》が、それをわかったうえでやってるなら……。

「……あいつの目的は？」

「さあな。単に柚月《ゆづき》が気に入らないか、でなきゃ――」

「三大美女になりたいのさ、山吹《やまぶき》は」

突然《とつぜん》の声で、俺と日浦《ひうら》は屋上の入り口に目をやった。

いつかと同じような、登場の仕方。けれど今日の玲児《れいじ》は、珍《めずら》しく真顔だった。

「詳《くわ》しく話せ、三輪《みわ》」

日浦《ひうら》が促《うなが》す。玲児《れいじ》はドカッと腰《こし》を下ろして、不機嫌《ふきげん》そうに言った。

「そのままだよ。山吹《やまぶき》は自分がプラスフォーなのが不満で、三大美女になりたがってる。でも、そのためには誰《だれ》かを蹴落《けお》とさなきゃならない。もともとアンチがいる柚月《ゆづき》ちゃんが、一番狙《ねら》いやすい。あと、ビンタの報復。ビッチ云々《うんぬん》も、山吹《やまぶき》が自分で付け足したらしい。あいつの取り巻きに直接聞いたから、間違《まちが》いない。イケメンは得なんだよ、こういうとき」

最後に冗談《じょうだん》っぽいセリフを付け加えつつも、玲児《れいじ》の口調はマジメだった。

でもそれはたぶん、俺がひどい顔をしていたせいだと思う。

「……なんだ、そりゃ」

全身から、力が抜《ぬ》けたみたいだった。

教室で見た、あいつの泣き顔が浮《う》かんだ。湊《みなと》の家で聞いた、涙《なみだ》混じりの声が響《ひび》いた。

こんなに、自分勝手なことがあるか。

そんなことのために、湊《みなと》はあんな顔をさせられてるのか。

そんな、誰《だれ》かが勝手に決めたもののために。

あいつにとっては興味もない、ただの肩書《かたが》きのために。

そんな……そんなくだらないことのために、あいつは。

湊《みなと》は。

「明石《あかし》」

「……」

「とりあえず、今日は帰っとけ」

「……」

それっきり、俺たちはなにも話さずに解散した。

家に着くまでのことは、あまり覚えていなかった。

風呂《ふろ》で湯船に顔を沈《しず》めて、一回だけ思いっきり叫《さけ》んだ。

寝《ね》る前に、今日は藤宮《ふじみや》にＬＩＮＥをした。

『話せるか？』というメッセージに既読《きどく》がつくや否《いな》や、藤宮《ふじみや》は向こうから、通話をかけてきてくれた。

『……明石《あかし》くん』

「……おう」

最初のひと言で、藤宮《ふじみや》が泣いているのがわかった。

「平気……じゃないよな」

『……ううん。ごめん。大丈夫《だいじょうぶ》』

「湊《みなと》とは……話したか？」

『うん……LINEで。でも、しばらく学校では、別々で過ごそうって言われちゃった……。私にもいやな思い、させたくないからって。それっきり、反応してくれない……』

「……そうか」

少しの、沈黙《ちんもく》。

そのあいだ、俺は藤宮《ふじみや》が今日、どんな気持ちで過ごしていたのか。どんな思いで湊《みなと》と話したのか。それを考えていた。

湊《みなと》本人の次に怒《おこ》っているのは、俺ではなく、きっと藤宮《ふじみや》だった。

『ねえ、明石《あかし》くん……っ』

「……ん」

『私……どうしたらいい？　どうすれば、あの子を助けられるの？』

藤宮《ふじみや》の声は、ひどい切実さと、焦《あせ》りにまみれていた。

『噂《うわさ》なんて、どうやって消せばいいの？　なんで、みんなあんなに楽しそうに、あの子の悪口言えるの？　本当かどうかも、わからないのに。ううん、嘘《うそ》なのに！』

「……藤宮《ふじみや》」

『知らないのに！　湊《みなと》がどんな子で、どんなこと考えて、どんなふうに生きてきたのか……なにも知らないのに！　ねぇっ！　教えてよっ！』

「……」

『……ねぇ、明石《あかし》くん。……どうしよう？』

なにも、答えられなかった。

自分から話したいって言ったくせに。俺は本当に、バカだ。

それから、藤宮《ふじみや》はまたしばらく、電話口でぐずぐずと泣いていた。

その声を聞きながら、俺はこれから自分がやろうとしていることについて、思いを巡《めぐ》らせていた。

「なあ、藤宮《ふじみや》」

『……なに？』

まだ少し震《ふる》えた声で、藤宮《ふじみや》が返事をする。

俺は、バカだから。

「また、任せたぜって、言ってくれないか？」

できることはもう、ひとつしか思いつかなかった。

最初に感じたのは、むなしさだった。

私に関する噂《うわさ》が、知らないうちに学校中に広まっていた。

いったい、どうしてこんなことになったのか。誰《だれ》が、こんなことをしたのか。そんな疑問も、怒《いか》りもあったけれど。

これから、毎日つらくなるんだろうなって。そしてそれは、きっとどうやっても、防げないんだろうなって。すぐにそう思い知って、身体《からだ》が動かなくなった。

せめて、できることだけはやりたいと思った。親友の詩帆《しほ》と、私を助けてくれた、明石伊緒《あかしいお》くん。このふたりのことは、絶対に巻き込みたくない。

だから、必要以上に連絡《れんらく》も会話もしないことにして、私はひとりになった。

自分の席に座って、ずっとじっとしていた。そうしたらみんな、そのうち興味をなくしてくれるんじゃないかなって。それまで、きっと耐《た》えられるだろうって。

今までだって、あんなにつらかったんだから、って。

でも。

「柚月《ゆづき》さん、中学の頃《ころ》ヤバかったらしいねー」

「聞いた聞いたー。なんか、自分からいろんな男の子に告って、付き合ってもすぐ捨ててたんだって」

「一ヶ月とかでフってたって聞いた！　しかも、すぐ次の人と付き合ってたんでしょ？　それもうビッチじゃん」

全部、本当だ。動機がどうであれ、私がやったのは、全部、その通りのことだ。

どうして。

どうして、ホントのことなのに、こんなに悲しいんだろう。

どうしてみんな、そんなに嬉《うれ》しそうなんだろう。

どうして私は、こんなことになってしまったんだろう。

考えても、わからない。

なにもわからないし、わかりたくもなかった。

「浮気《うわき》とかもしてたらしいよー」

「俺は二股《ふたまた》してたって聞いたわ。マジで引く」

「三大美女なのに、なんか裏切られた気分だなー。中身も大事じゃん？　やっぱり」

いつの間にか、身に覚えのないことまで言われていた。

それに、三大美女なんて、私になんの関係があるの？

裏切ったっていうのは、どういう意味なの？

でも、これが噂《うわさ》っていうものだ。

私に、否定する権利なんてない。誰《だれ》も、そんなのは聞いてくれない。みんな好き勝手に、信じたいものを信じて、広めたいことを広めて、話したいことを話すのだ。

学校にいるあいだ、ずっと声がしていた。悪気のなさそうな、でも私にとってはすごく痛い、そんな声が。

耳を塞《ふさ》ぎたいはずなのに、できなかった。聞こえるたびに、身体《からだ》のあちこちが捻《ね》じ切れるみたいに痛かった。涙《なみだ》が滲《にじ》んできて、それを止めるだけで精一杯《せいいっぱい》だった。

なにかを考えていれば、きっと気が紛《まぎ》れるだろうと思った。

これから楽しいことはあんまりなさそうだから、今までのことを考えよう。そう思ったけれど、今までだって、楽しいことは多くなかった。

じゃあ、詩帆《しほ》のことを考えよう。大好きな詩帆《しほ》。

私と違《ちが》って誰《だれ》とでも仲よくできる子なのに、いつもそばにいてくれた詩帆《しほ》。

うちで伊緒《いお》と話したあと、秘密にしてたことを電話で謝った私に、怒《おこ》って、拗《す》ねて、でも泣いて喜んでくれた詩帆《しほ》。

今回だって私の言うことを聞いて、ちゃんと距離《きょり》を置いてくれている詩帆《しほ》。

それから、伊緒《いお》のことも考えた。ううん、気づいたら、考えていた。

でもたしかに、彼のことを考えないはずはなかった。

優《やさ》しい優《やさ》しい、伊緒《いお》。大好きな女の子がいなくなって、もう会えなくなって、諦《あきら》めることも、忘れることもできずにいる、悲しい伊緒《いお》。

自分だってつらいはずなのに、私やほかの人をたくさん思いやってくれる、強い伊緒《いお》。

騙《だま》してたのに、私よりも真剣《しんけん》な顔で、私の悩《なや》みについて考えてくれる伊緒《いお》。

過去は、変えられないから。

彩羽《あやは》さんは、もう戻《もど》ってこないし。

私がどういうふうに育ってきたかということも、変わらない。

中学生の私がやったことも、今までいろんな人を好きになって、好きにさせて、身勝手に振《ふ》り回《まわ》したっていう事実も、消えない。

向き合い方を変えるしかない、と伊緒《いお》は言っていた。そしてそれには、時間がかかる、かけてもいいんだ、って。

その言葉が、私には本当に嬉《うれ》しくて。

なにも解決してないのに、心が軽くなったような気がして。

きっとその通りなんだって思えて、すごく安心した。

私は、大丈夫《だいじょうぶ》。私たちは、大丈夫《だいじょうぶ》だって、本気で思った。

だけど、ごめんね、伊緒《いお》。

「柚月《ゆづき》ぃ」

こんなことになって、私、もう頑張《がんば》れないかも。

「ちょっと、顔貸しな?」

校門を出たところで、山吹《やまぶき》さんに声をかけられた。

ああ、また、この人か。


久世高《くぜこう》の正面にある、小さな神社。私と山吹《やまぶき》さんは、その中の児童用広場に入った。

生垣《いけがき》に囲まれて周りからは見えづらいといっても、身の危険はないだろう。相手は女の子ひとりだし、それに、滅多《めった》なことはしないはず。

どうにでもなれ、と思っていた部分もあった。ううん、たぶん私は、もっと酷《ひど》い目に遭《あ》えば、みんな同情してくれて、悪い噂《うわさ》も収まったりするんじゃないかとか、そんな都合のいいことを考えていた。

どうせつらいのは変わらないんだから、もっと惨《みじ》めになれれば、って。それしか、この状《じょう》況《きょう》から逃《のが》れる方法はないだろう、って。

だけど、山吹《やまぶき》さんの口調とセリフには、妙《みょう》に覇気《はき》がなかった。

「もうわかったっしょ? あんた、三大美女やめて?」

「…………は?」

なんだ、それは。

「噂《うわさ》は、まあ、思ったより盛り上がっちゃったけど。要するにさ、そういうこと。あんたが三大美女じゃなくなれば、私はそれでいいわけ。うん」

「……なに言ってるの、あなた」

噂《うわさ》を広めたのがこの人だなんてことは、察しがついてる。今さら驚《おどろ》いたりしない。

でも、この人がなにを言ってるのか、私には本当に、わからなかった。

「だからぁ、もういろいろ無理じゃん？　自然にあんたが落ちるの待つつもりだったけど、あんまり大ごとになってもめんどいっていうか、あれだし。今ならあんたがやめるって宣言すれば、たぶんすぐやめられるっしょ。代わりに私が三大美女になって、それで終わりでいいからさぁ」

なにが無理なの？

なにが終わるの？

なにが、それでいいの？

なんで、この人は今、私をなだめるみたいな声で話してるの？

「……そのために、こんなことしたの？」

「そうだって言ってんじゃん。まあちょっとやりすぎた気はしなくもないけど、そこはお互《たが》い様っていうか、半分は私のせいじゃないっていうか」

ちょっと？

お互《たが》い様？

「……なんで？」

「……」

「……なんでそんなことのために……っ!!　私がっっ!!　あんたはっっっ!!」

喉《のど》が痛いほど、叫《さけ》んだ。

頭がおかしくなりそうで、すごい目眩《めまい》と吐《は》き気《け》がした。

そんな、くだらないことのために。

私の過去は、こんな人のせいで。

「……もう、いや」

どうしていいのか、わからない。

どんな気持ちでいるのが、正しいのかわからない。

ああ、伊緒《いお》。伊緒《いお》。

「…………助けて」

「やあ、聞こえるか？　久世《くぜ》高生《こうせい》諸君」

神社の入り口から聞こえた、その声。

最近はもう聞き慣れた、でも、今はちょっと偉《えら》そうに作った、その声。

今、一番聞きたかった、来てほしかった人の、声。

「……あぁ」

襟元《えりもと》にピンマイクみたいな小さな機械を着けて。

明石伊緒《あかしいお》くんが、山吹《やまぶき》さんの前に立っていた。

「……またあんた？」

山吹《やまぶき》さんが、忌々《いまいま》しそうに言う。

伊緒《いお》は咄嗟《とっさ》に機械の先を摑《つか》んで、それからホッと一息漏《も》らした。

「おっと、気をつけろよ？　これ、ライブ中だから。お互《たが》い、名前を出すのはやめとこうぜ。まあ、お前は俺のことなんて、知らないだろうけど」

伊緒《いお》の不思議なセリフに、私も山吹《やまぶき》さんも、思わず固まってしまっていた。

状況《じょうきょう》が、全然わからない。それに、もう私には、なにかを考える余裕《よゆう》もなくなっていた。

伊緒《いお》はまたマイクの先から手を放して、まるで演説するみたいな口調で、言った。

「初めまして、部活中の久世高生《くぜこうせい》たち。いや、久しぶり、のやつもいるかな。こちら、久世高《くぜこう》の天使。どちらにせよ、みんなの前で話すのは、初めてだな」

「……っ！」

そこで、私は気がついた。久世高《くぜこう》の方角から、伊緒《いお》のセリフに少し遅《おく》れて、エコーのかかった声が響《ひび》いてくる。

さっき、伊緒《いお》は『ライブ中』と言った。

もしかして、これは。

「天使って本当にいたんだ、とか、どうせ偽物《にせもの》だろ、とか。そういうのは全部、好きに思ってくれてればいい。今、私は学校の放送機材を使って、全校放送をしている。声を変えていてすまないが、いつものことだから許してくれ。それから、放送室に行っても私はいないから、みんなは気にせず、そのまま部活でもしながら聞いてほしい」

伊緒《いお》が、またピンマイクの先を掴《つか》んだ。きっと放送に乗せたくないことは、ああやってから話すようにしているんだろう。

伊緒《いお》は肩《かた》を上下させて、一度深く息をした。額にも首筋にも、汗《あせ》が浮《う》かんでいるのがわかる。よく見ると、両膝《りょうひざ》や手先がカタカタと、小さく震《ふる》えていた。

きっと伊緒《いお》は、怖《こわ》いんだ。

ずっと隠《かく》していた、秘密の自分。その姿で、大勢に向けて話しているんだから。

だけど、いったい伊緒《いお》はどうして、こんなこと……。

「湊《みなと》、悪いな。遅《おく》れた」

伊緒《いお》が、かすかに笑ってくれる。

彼のことが心配なのに、私は安心感にやられてしまいそうになっていた。

「それから、もう一個ごめん。ホントは、お前にも相談するつもりだったんだよ。でも、今しかなさそうだから。もしいやだったら、あとで、いくらでも怒《おこ》ってくれ」

「……え」

バツが悪そうに言って、伊緒《いお》はマイクの位置を少し直した。

きっと彼は今、明石伊緒《あかしいお》である前に、久世高《くぜこう》の天使なのだった。

「先生方には申し訳ない。そして、当然やめさせなきゃいけないだろうから、あなたたちが来るまで、時間をいただきます。そして、放送室に立てこもってる藤宮詩帆《ふじみやしほ》という生徒は、まあ、なにも悪くないので、あまり処罰《しょばつ》は重くしないでやっていただけると嬉《うれ》しい」

詩帆《しほ》……？　なんで、あの子まで……。

それに、立てこもってるって……？

「さて、話をしようか。これは、ひとりの女の子の話だ」

そう前置きしてから、伊緒《いお》はちらりと、私の方を見た。

「今、久世高《くぜこう》には噂《うわさ》が流れている。二年七組の柚月湊《ゆづきみなと》は、中学の頃《ころ》に男を取っ替《か》え引っ替《か》えしていたビッチで、それを隠《かく》すために、県外の久世高《くぜこう》に来た。みんなも、聞いているだろうと思う」

伊緒《いお》のそのセリフにも、私は驚《おどろ》かなかった。

伊緒《いお》がさっき謝った意味が、私にはもう、理解できてしまっていた。

「天使の口から、はっきり言おう。その噂《うわさ》は、真実ではない」

ずっと黙《だま》っていた山吹《やまぶき》さんの顔に、焦《あせ》りが浮《う》かんだ。でも、彼女も私と同じように、なにも言えないみたいだった。

なにか言えば、それは放送として、久世《くぜ》高《こう》中に流れてしまう。考えなしに、声は出せない。

「いや、正確には、起こったことはその通りだが、中身が違《ちが》う。前提を伝えよう。私は柚月《ゆづき》湊《みなと》から、相談を受けていた。それも普通《ふつう》の恋愛《れんあい》相談ではなく……好きな人が多すぎて、一途《いちず》になれず困っている、というものだった」

伊緒《いお》の横顔が、苦しそうに歪《ゆが》んだ。

「当然、驚《おどろ》いた。久世《くぜ》高《こう》三大美女が、そんなことで悩《なや》むのか、と。だが、柚月《ゆづき》は本当に、心の底から悩《なや》んでいた。それこそ、複数の相手と交際して、自分の気持ちが一人の相手に固まるかどうか、確かめようとしたくらいに」

伊緒《いお》の口から、私の秘密がどんどん、流れていった。

でも、いやだとは思わなかった。

このまま間違《まちが》った噂《うわさ》が流れているよりは、ずっとよかったから。

噂《うわさ》を消すには、きっとそれしかないから。

伊緒《いお》が今、どんな気持ちでこれを話しているのか、わかっているから。

「だが柚月《ゆづき》の惚《ほ》れ癖《ぐせ》は、一向に直らなかった。だから柚月《ゆづき》は、誰《だれ》とも付き合わないことを決めた。誰《だれ》かを好きになっても、誰《だれ》かに告白をされても、一途《いちず》になれるまで、絶対に恋人《こいびと》は作らない、と。それが、例の噂《うわさ》の正確な背景だ」

いざこうなってみると、まるで、鎖《くさり》が解けていくみたいな気分だった。

そうですけど、なにか？　って。

なにか問題でも？　って。

そうやって、開き直れるような気がした。

「柚月《ゆづき》は、過去のことを後悔《こうかい》している。彼女は私の前で、自分のことを『最低』だと言った。『男の子大好きな自分勝手ＪＫ』だとも言った。そして、私は思った。その通りだな、と」

うるさいわね、伊緒《いお》。そんなにはっきり、言わなくてもいいじゃない。

「けれど、柚月《ゆづき》はこうも言った。絶対に、直したいと。そのためなら、なんでもする、と」

うん、言った。

そして、あなたは言ってくれた。「全力で助ける」って。

「私と柚月《ゆづき》は、いろいろなことを試《ため》した。何度も話して、考えて、でも、なんの手がかりもなかった。どうしてうまくいかないんだろうと嘆《なげ》いて、柚月《ゆづき》は泣いた」

あ、ちょっと、嘘《うそ》ついた。悪い人。

でも、泣きたかったのはホントだ。

「結論として、柚月《ゆづき》はまだ『男の子大好きな自分勝手ＪＫ』のままだ。だが、誰《だれ》とも付き合うつもりはない。柚月《ゆづき》ファンの諸兄《しょけい》においては、もし両想いになれたとしても、しばらくはノーチャンスなので、告白するならくれぐれもそのつもりでよろしく」

バカ。そういう余計なことは、言わなくていいの。

「ところで、だ」

突然《とつぜん》、伊緒《いお》の口調がキツくなった。

「そんなあいつの気持ちも知らず、諸君はずいぶんと、勝手な噂《うわさ》で盛り上がってくれたようだな」

だらんと下げていた拳《こぶし》を、伊緒《いお》がギュッと握《にぎ》るのがわかった。その手は、もうさっきみたいに震《ふる》えてはいない。

伊緒《いお》は山吹《やまぶき》さんを睨《にら》んで、それから、荒《あら》い息をひとつだけ吐《は》いた。

「わかるよ。人間は噂《うわさ》が好きだ。それが悪口だと、もっといい。みんなに人気な美少女の裏の顔、とかなら、最高だ。本当のことかどうかは、全然わからないけれど。なんだかおもしろいから、愉快《ゆかい》だから、話題にしよう。たぶんこんなことだろうから、こうだったらもっとおもしろいから、ちょっとだけ嘘《うそ》や想像も混ぜちゃおう。だって、きっと本人が悪いんだから」

伊緒《いお》は、怒《おこ》っていた。

本当に、心の底から怒《おこ》っていた。

「人伝《ひとづて》に聞いただけだから、もしかしたら間違《まちが》ってるかもしれないけれど。本当だったら悪いのは本人だし、どうせ反論なんてされるわけがないんだから、どんどん広めよう。それから、本人がどんな顔で学校に来てるのか、見にいってやろう。噂《うわさ》を、憶測《おくそく》を、直接聞かせてやろう。だって、おもしろいから。みんな、同じようなことをしているから。つらいし、悲しいだろうけど、自分には関係ないから！」

ずっと、我慢《がまん》していたのに。

我慢《がまん》、できていたのに。

「楽しかったか？　噂《うわさ》は。今の話を聞いても、まだ楽しいか？　柚月《ゆづき》のことを、まだ、ただのビッチだと思うか？　……思うなら、これ以上はなにも言わない。もうこんな放送なんて無視して、部活に集中してればいい。そうやって、これからも生きていけばいい。だがちょっとでも、自分の罪に気がついたやつには、言わせてもらうぞ……っ」

伊緒《いお》の横顔を見ていたら。

声を、聞いていたら。

「ふざけんじゃねぇっっっ‼‼‼‼‼」

私の目からボロボロと、涙《なみだ》が溢《あふ》れてきた。

「湊《みなと》は悩《なや》んで、本当に悩《なや》んで‼　ずっと自分を責めてきたんだぞ‼‼　嫌《きら》いな自分と戦って、いっぱい苦しんで、前に進もうとしてるんだぞ!!!!!! たしかに過去は消えない。よくないことをすれば、報《むく》いがある。でも、それはお前らの役目じゃねぇっ!!!!!! ただ、本人が相手と向き合って!!!! 自分の心と向き合って!!!! その事実と向き合って!!!! 抱《かか》えて!!!! 生きていくんだ!!!!!! それがわからないなんて言わせねぇっ!!!!!! あいつの気持ちを踏《ふ》みにじるなんて、俺が絶対許さねぇっっ!!!!!!!!」

息が、うまくできなかった。

いやなのに、嗚咽《おえつ》がどんどん漏《も》れて、涙《なみだ》も、思いも、なにも止められなかった。

「過去は、そいつだけのものだ!!!!!! どんな恋《こい》だって、そいつだけの大切な気持ちだ!!!!!! 噂《うわさ》に悪ノリしたやつも、噂《うわさ》を最初に流したやつも、よく聞きやがれっ!!!!!!!!」

ああ、伊緒《いお》。

あなたは。本当に、あなたは。

「人の過去と、恋心《こいごころ》に、汚《きたな》い手で触《さわ》んじゃねぇぇぇぇえっっっ!!!!!!!!!!!!」

ちゃんと、見なきゃいけないのに。

視界がぼやけて、私にはもう、伊緒《いお》の顔が見えない。

泣《な》き叫《さけ》んでしまいたかった。

名前を呼びたかった。

お礼を、言いたかった。

でも、声も出なくて。

マイクも、きっとまだ繋《つな》がっていて。

山吹《やまぶき》さんも、見ていて。

「……えー、少々取り乱したが、私が諸君に言いたいことが、最後にもうひとつ。どうしても、なにか噂《うわさ》の種が欲《ほ》しいっていうなら、明日からは私のことを話せばいい」

伊緒《いお》が、フッと息を吸う。

「都市伝説ではない。久世高《くぜこう》の天使は、実在する。私は、諸君の恋《こい》をいつも見守っている。本当に恋《こい》に悩《なや》んだときは、きっと私が現れる。ただ、今回の柚月《ゆづき》みたいな相談はあまり得意ではないから、お手柔《やわ》らかに。そしてできれば、私の正体は探《さぐ》らないでいてくれると助かる。その方が、お互《たが》いのためになるはずだ」

少しのあいだ、伊緒《いお》は黙《だま》っていた。

その沈黙《ちんもく》から、伊緒《いお》の諦《あきら》めと決意が、伝わってくるような気がした。

「それから、過去に私と、話したことがある者たちへ。お前たちの周りでもし、柚月《ゆづき》の噂《うわさ》がまた広まりそうになったら、そのときはさりげなく、フォローしてやってほしい。まだ受け取っていない私への報酬《ほうしゅう》は、全部、それで構わないから。どうか、よろしく頼《たの》むよ。じゃあ、これで失礼する」

最後はお願いするような口調で、天使はそう締《し》めくくった。マイクをはずして、グイグイとポケットに押し込む。

顔を上げた伊緒《いお》は、もう、久世高《くぜこう》の天使ではなかった。

「さて、山吹《やまぶき》」

「ひっ……！」

山吹《やまぶき》さんの、怯《おび》えた声がした。

「俺は、お前を許さない。めちゃくちゃムカついてる。けど、今はそんなことよりも」

「なっ！　なに！　さっきからキモいことばっかほざいて！　っていうか、私がやったっていう証拠《しょうこ》はあんの⁉」

さっき、自分で言ってたくせに。

きっと今の伊緒《いお》の放送で、怖《こわ》くなったんだろう。どこまでも、勝手な人だ。

「証拠《しょうこ》？　証拠《しょうこ》もない噂《うわさ》を流して湊《みなと》を蹴落《けお》とそうとしたのは、どこのどいつだ？　そもそも、俺はお前の言い訳なんて聞く気はない」

「っ……！」

「柚月《ゆづき》に謝れ。頭下げて、もう二度といやがらせしないって誓《ちか》え。でなきゃ、俺がありとあらゆる手を使って、お前に仕返しをする。お前が想像もできないような、地獄《じごく》を見せてやる」

地獄《じごく》って……。やっぱり、この男の子は悪魔《あくま》だ。

「あ、あんた……そんなこと言える立場？　天使だかなんだか知らないけど、私、もうあんたの正体知っちゃってんだよ？　……バラされていいわけ？」

「あー、そりゃ困るな。超《ちょう》困る」

ダメよ、山吹《やまぶき》さん。

私も同じこと言ったけど、それ、伊緒《いお》には効かないから。全然。

「勝手にバラしとけ！　いいからさっさと謝れ！　バーカっ‼」

「なっ……」

あんたがバカ……。まるで子どもじゃない、もう。

「…………」

しばらくなにも言わず、山吹《やまぶき》さんは気まずそうに目を泳がせていた。そのあいだも、伊緒《いお》はしっかり彼女を睨《にら》みつけたままだ。

視線と、それからこの空気に耐《た》えられなくなったのか、山吹《やまぶき》さんはようやく観念したように、こっちを向いた。そして、この上なくきまり悪そうな顔で、ゆっくり腰《こし》を折った。

「……ごめん」

「……そんなので許すと思う？」

「……ごめん。やりすぎた、かも。もうしないって」

濡《ぬ》れた頰《ほお》と目尻《めじり》を拭《ぬぐ》って、すぅ――――っと、息を吸う。

それから、その明るい髪《かみ》の頭のてっぺんに向かって、私は言った。

「……バ――――カっっっ!!」

なんだ、私も子どもだ。

でも、なるほど。これはほんの少しだけ、スッキリする。

山吹《やまぶき》さんは驚《おどろ》いたように目を丸くして、口を半開きにしていた。さすがにちょっと、マヌケな顔だ。

「んじゃ、俺からもうひとつ、残念なお知らせを」

追《お》い討《う》ちするみたいに、伊緒《いお》が言う。

私も初めて見るような、悪い顔だった。

「もし湊《みなと》が三大美女から落ちたって、入《い》れ替《か》わるのはお前じゃねぇよ！　わかったらさっさと行け!!　プラスフォー最弱キャラ!!」

「ぬぁっ……!!」

伊緒《いお》に吠《ほ》えられて、山吹《やまぶき》さんは呆然《ぼうぜん》とした表情で口をパクパクさせた。

それからだんだん肩《かた》が震《ふる》え始めて、頰《ほお》も真っ赤に染まっていく。ついにはぐにゃっと口元を曲げて、山吹《やまぶき》さんは叫《さけ》んだ。

「ささささっ、さっ、最弱なんかじゃないからっ!!　あほあほあほ――――っ!!」

涙《なみだ》と崩《くず》れたメイクで顔をぐしゃぐしゃにして、山吹《やまぶき》さんが逃《に》げるように神社を出ていく。

その背中をほどほどに見送ったあと、私たちは力が抜《ぬ》けたみたいに、一緒《いっしょ》になって肩《かた》をすくめた。

「はぁ、終わったか」

ふたりきりになった広場で、伊織《いお》が私の方を、まっすぐ見た。

照《て》れ臭《くさ》そうなその笑顔に、なぜだか胸《むね》の奥が、締《し》めつけられるみたいに跳《は》ねる。

思えば、こうやって伊織《いお》と向き合うのは、数日ぶりだった。

「……伊織《いお》っ」

「お疲《つか》れ、湊《みなと》。よく頑張《がんば》ったな」

「……っ！」

ああ、そうだった。

ずっと、ず――――っと、我慢《がまん》してたんだった。

「わぁぁぁあああああああ――――――――っ!!!!!!」

ごめん、伊織《いお》。ありがとう、伊織《いお》。

伊織《いお》。伊織《いお》。伊織《いお》。

「痛って！　おい湊《みなと》！　抱《だ》きつくな！　顔をぐりぐりするな！　苦じぃ……っ！」

「なんで！　来てくれたの！　なんで！　正体バレそうなことするの！　なんで天使の報酬《ほうしゅう》、使っちゃったの！　なんで詩帆《しほ》まで放送室にいるの！　なんで……っ！　なんでそんなに……私に……っ！」

「おいおい、いっぺんに聞くな。お前が山吹《やまぶき》と話してどっか行くのが見えたから、急いで来たんだよ。ホントは今日は、マイクとかボイチェンの接続、テストする予定だったんだけど、急遽《きゅうきょ》本番にした。ひとりじゃキツいから、藤宮《ふじみや》にも協力頼《たの》んでたんだよ」

「……そう、だったんだ」

「悪い、勝手にお前の秘密、全校放送しちゃって。ただ噂《うわさ》を消すには、こうするしかなかったんだ。お前とは連絡《れんらく》取れなかったから、一応藤宮《ふじみや》には許可もらったんだけど……それでも、悪かった。怒《おこ》られるのは覚悟《かくご》してるよ」

「わかってるっ。そんなの聞いてない。だって……代わりに伊緒《いお》の秘密が……」

「大丈夫《だいじょうぶ》だよ。放送でも、それから山吹《やまぶき》にも、釘《くぎ》は刺《さ》しといたから。あれでバレたら、そのときはそのときだ。引きこもればいい」

「でもっ！　でも……私のせいで……」

「お前の味方だって言ったろ？　だから、いいんだよ」

その言葉に、また胸がキュウッとする。

伊緒《いお》の服を摑《つか》む私の力が、なぜだかグッと強くなった。

「それに、同じくらいインパクトのある話題じゃないと、三大美女の悪い噂《うわさ》なんて乗っ取れないだろ？　俺には、これしか武器がなかったんだよ」

「……」

「報酬《ほうしゅう》は、どうせ今のとこ使い道もなかったし。それに前に話したろ？　俺に借りがあるやつ、けっこう多いんだ。頼《たの》もしいねぇ」

あははと、伊緒《いお》は得意げに笑う。

自分の秘密も、今までの貯金も、どっちも私のために使っちゃうなんて……。

この人は本当に、バカで……そして――

「とにかく、これでちょっとはマシになると思うから。……だから、元気出してくれよ」

「……うんっ。うん」

元気どころか。私はもう、ホッとしてしまって。

実際にはどうなるか、まだわからないのに。すっかり心の底から、安心してしまっていた。

きっと私は、今度こそ大丈夫《だいじょうぶ》だ。この人が……伊緒《いお》が、いてくれるんだから。

「それで……いつまで抱《だ》きついてるんだ？」

「……」

「……おーい」

「だ、だって……まだ、涙《なみだ》止まってない」

「ハンカチあるぞ」

「顔見られるのがいやなのっ」

「残念、また見たかったのに。美少女の泣き顔」

「……バカ」

「今日は『バカ』が多い日だなぁ」

「……伊緒《いお》？」

「ん？」

「……ありがとう、ホントに」

「おう」

伊緒《いお》は私の背中に控《ひか》えめに手を当てて、ゆっくり撫《な》でてくれた。

その度に涙《なみだ》がまた溢《あふ》れてきて、私はそのまま伊緒《いお》の胸に顔を埋《う》めて、ずっとひくひく言っていた。

はたから見ると、きっとすっごく恥《は》ずかしい状況《じょうきょう》。

だけど、全然離《はな》れられなかった。離《はな》れたく、なかった。

「あ。そういえばな、湊《みなと》」

「……なに？」

「前に、ＬＩＮＥしたろ。話があるから会おうって」

「……噂《うわさ》が広まる前の……？」

「ああ。お前が泣き止《なや》むまで、その話するから、聞いといてくれ」

「……こんなときに？」

「いい話なんだよ。もともと、早く伝えたかったんだ」

「……抱《だ》きしめたまま？」

「抱《だ》きしめてるのはそっちだろ」

呆《あき》れたような、伊緒《いお》の声。

息が頭にかかって、なぜだか身体《からだ》が強張《こわば》った。

さっきから私の身体《からだ》、ちょっと、変だ。

「有希人《ゆきと》に言われたんだよ。惚《ほ》れ癖《ぐせ》を直すには、べつに原因は放置でもいいかもしれない、ってさ」

「……えっ」

それは……いったいどういう……？

「まあ……なんだ。その、大恋愛《れんあい》をな、すればいいんじゃないかって」

さっきまで、あんなに意気込《いきご》んでいたのに。伊緒《いお》の声は、急にぎこちなくなっていた。

「……大恋愛《れんあい》？」

「あー。つまり、めちゃくちゃ好きな相手を、ひとり見つければいいんだと。ほかのやつが気にならなくなるくらい、好きな」

「……」

めちゃくちゃ……好きな相手。

「……ふぅん」

「わかんないけどな？　もしかしたら、それで直るかもって。まあ、だからってすぐにそんな相手は見つからないだろうけど……諦《あきら》めず、これからも頑張《がんば》れよ」

「……はぁ」

知らないうちに、ため息が出ていた。

なんだろう、この、嬉《うれ》しいような、腹立たしいような気持ちは。

「ありゃ、喜ばないのか。せっかく新しい仮説が見つかったのに」

「……そんなのじゃ、絶対直らないわよ」

「え、そうか？　俺はけっこう、可能性感じてるんだけど」

「直らないっ！　もうこの話、終わりね！」

「えぇ……。わかったよ……」

そのあとも、伊緒《いお》はまだ不思議そうに、何度も首を傾《かし》げていた。

ああ、なんだか最後に、すごく疲《つか》れた。

――エピローグ――

『三日間の自宅謹慎《きんしん》になったぜ！』

その日の夜、藤宮《ふじみや》から勇ましいメッセージが届いた。

ベッドに寝転《ねころ》んで、俺は藤宮《ふじみや》に通話をかけた。藤宮《ふじみや》は今日の放課後にあったことを、恨《うら》めしそうに、でも楽しそうに話してくれた。

『私だけ処罰《しょばつ》なんてあんまりだー。首謀《しゅぼう》者は別にいるのに。ああ、私は利用されただけの哀《あわ》れな女の子』

「悪かったよ。でも、ホントによくごまかせたな、俺のこと」

『大変だったよー、そりゃもう。話してた人が誰《だれ》か言いなさい！　って、生活指導の先生に責められたもん』

「どうやって切《き》り抜《ぬ》けたんだ？」

『そこはね、もう鋼《はがね》の意思で。言いません！　って。鉄の女ですから。それに、放送内容がアレだったし、先生側も、そこまで問題視してないみたい』

「おお、それはラッキー。理解ある対応に感謝」

『そっちより、私の頑張《がんば》りと謹慎《きんしん》のおかげです』

「はいはい。ありがとな」

なにせ、藤宮《ふじみや》と一緒《いっしょ》に俺まで謹慎《きんしん》になったら、それはもう天使の正体がバレたも同然だ。

まあ、結局山吹《やまぶき》に言いふらされたら終わりなんだけれど、そっちはどうしようもないからな。

あのギャルが黙《だま》っててくれることを祈《いの》るしかない。

こっちもあいつの悪事は押さえてるわけだし、おとなしくしててくれよ。

「湊《みなと》とは話したか？」

『うん、さっきね。あの子、いっぱい泣いて、私もちょっと泣いて、仲直り？　したよ』

「そうか。そりゃよかった」

『私の謹慎《きんしん》中、湊《みなと》も学校休んで、一緒《いっしょ》にうちで遊ぶことになった。噂《うわさ》がどうなるか、まだわからないしね』

藤宮《ふじみや》は嬉《うれ》しそうだった。

たしかに、湊《みなと》にとってもその方がいいだろう。気持ちの休憩《きゅうけい》も兼《か》ねて、な。

『ありがとね、明石《あかし》くん』

「いや、こっちこそ」

『戦友だね、私たち。湊《みなと》親衛隊の戦士だ』

「勝手に変な部隊に入れるな」

『隊長は私です』

「話聞けよ」

◆　◆　◆

翌日も、俺は当然ながら普通《ふつう》に登校した。

校門を抜《ぬ》けてすぐに、昨日までとの違《ちが》いがわかった。

あの陰湿《いんしつ》で淀《よど》んだ空気が、すっかり消えている。ひそひそ話をしている生徒は多いが、話題はどうやら全部、湊《みなと》に関するものではないようだった。

「昨日の天使の放送聞いた？　あんなことあるんだねー。ちょっとワクワクしちゃった！」

それはそれは、ありがたいことで。ちゃんと、内容も聞いてたか？

「天使って、ホントにいたんだ！　あれ本人？　だよね？　『俺』って言ってたから、男子？　っていうか、生徒なの？」

あ、また『俺』になってたのか……。気をつけなきゃな、マジで。でもお前ら、正体探《さぐ》るなって言ったろ。

「声変えてたからわかんないよね。音割れもすごかったし」

音割れしてたのかよ……。まあ、思ってたより叫《さけ》んじゃったしな……。

そんな脳内反省会をしながら、いそいそと昇降口《しょうこうぐち》に入る。すると、なにやら近くの廊下《ろうか》に、人だかりができていた。

背伸《せの》びして見てみると、どうやら掲示《けいじ》スペースに、なにかが張ってあるらしいことがわかった。何枚かの紙で、手書きで文字が書かれている。

なんだ？　変な部活の勧誘《かんゆう》でも……。

……あっ。

『天使へ。万事《ばんじ》任せろ！』

『借り、今こそ返します！』

『私たちはみんな、あなたの味方』

……こんなの、いつ張ったんだよ。それに、誰《だれ》だよ。

お前らだって天使に相談したの、バレたらいやだろうに。

「……」

でも……ありがとな。よろしく頼《たの》むよ、本当に。

俺は思わず上がる口角を手で隠《かく》しながら、まだざわついている廊下《ろうか》を、さっさと通《とお》り抜《ぬ》けた。

……ああ、そうだ。フラれるの知ってて告白させたこと、牧野《まきの》にちゃんと謝らなきゃな。

◆　◆　◆

『明石《あかし》さんのカフェで待ってる』

と、湊《みなと》からLINEが来た。

ちょうどシフトが入っていたので、俺は放課後、すぐに有希人《ゆきと》の店を訪ねた。

いつもの席を見ると、ふたりで京都《きょうと》に行ったときと同じ服装で、湊《みなと》が座っていた。

「よう」

「うん……ごめんね、呼びつけて」

湊《みなと》はなぜか、あまりこっちを見なかった。手元のサイダーを飲むペースが、やけに速かった。

あれ？　炭酸飲んでるの、珍《めずら》しいな。

「……ちょっと、報告があって」

「報告？」

「……」

湊《みなと》はゴホンと咳払《せきばら》いをして、やっと目線だけ、俺の方に向けた。

顔が、赤い。

「……惚《ほ》れ癖《ぐせ》、もう直ったから」

「えっ……？」

な、なに言ってるんだ……この美少女は。

「だから、直ったの！　これからは、もう相談乗ってくれなくていいからっ！」

「い、いや……でも、ホントか？　あんなに苦労したのに……そんな、急に」

「ほ、ホントよ！　自分のことなんだから、私が言うことが正しいの！」

「だから、恋愛《れんあい》はそんなに単純じゃないだろ……。確認《かくにん》するから、ほっぺた触《さわ》らせてみろ」

「だっ、ダメ!!　絶対ダメ!!」

俺が手を差し出すと、湊《みなと》は勢いよく身を引いて、椅子《いす》の背もたれにピタッと張りついた。

「な、なんでだよ……。せっかく──」

「ダメったらダメなの!!　今日はそれだけ！　もう帰る！　バカ！」

残っていたサイダーを一気に飲んで、湊《みなと》は席を立った。慌《あわ》ただしく会計を済ませて、逃《に》げるように店を出ていってしまう。

俺はただひとり、ポツンと席に取り残されていた。

「……意味がわからん」

しかも、バカって言われた。

けどまあ……直ったならいい……のか？

「伊《い》ー緒《お》っ」

不意に、エプロン姿の有希人《ゆきと》が声をかけてきた。ちょっとぶりに見る、ニヤニヤとした笑顔《えがお》で。

「……なんだよ」

「シフト。働け」

「あ、ああ。へいへい」

「それから」

「ん?」

「お前も、進まなきゃね」

そう言って、有希人《ゆきと》は楽しげな足取りで、カウンターに戻《もど》っていった。

相変わらず、うるさい従兄弟《いとこ》だ。

「……わかってるよ」

でも、人にはそれぞれペースがあるだろ?

俺はもう少し、ゆっくり行くよ。

——それに。

しばらくは、誰《だれ》かの背中を押すので忙《いそが》しいんだよ。

俺は、天使だからな。

あとがき

こんにちは。執筆時《しっぴつ》はミルクティーしか飲まない、丸深《まろみ》まろやかです。

嘘《うそ》です。たまにコーヒーもお茶も飲みます。

初めまして、の方がほとんどでしょうか。実はラノベ作家としては、二シリーズ目の刊行になります。

私を知ってくださっている方も、そうでない方も、本書を手に取ってくださりありがとうございます。お会いできて嬉《うれ》しいです。


さて、まずはこの作品が出来たきっかけについて。

この『天使は炭酸しか飲まない』は、『丸深《まろみ》、本出そうぜ（要約）』という一通のメッセージをきっかけに生まれました。

そう、家にナカジマくんが来たのです。私はカツオくんです。

いや、嘘《うそ》です。私はカツオくんではありません。また嘘《うそ》をつきました。

ですが、ナカジマくんは本当にナカジマくんでした。担当編集のナカジマさん、この度《たび》はお声がけくださり、誠《まこと》にありがとうございます。

ナカジマさんの話をします。

ナカジマさんはふたりいます。いや、本当です。というのも、今回私には担当編集さんがふたりついてくださっているのですが、そのどちらもが、ナカジマさんなのです。

当時、メッセージを受け取った私は驚《おどろ》きました。

なにせ『中島《なかじま》さん』から、『訳あって仲嶋《なかじま》の代わりにメッセージを送っています。中島《なかじま》です』という文面が送られて来たのですから。

私は当然『???』となりました。きっと中島《なかじま》さんも、「これややこしすぎるな……」と思いながらメッセージしてくださったことでしょう。

そして私は思いました。よかった、自分のペンネームがナカジマじゃなくて、と。

おっと、誤解しないでください。ナカジマはとてもいい名字です。そして『丸深《まろみ》』は、とても読みにくい名字です。

作品についても、少しだけ。

本作はいろいろあった男の子と、いろいろあった女の子のお話です。

『恋愛相談《れんあい》』がテーマになっていますが、中身はちょっと変わっています。主人公の伊緒《いお》くんも、やっぱり普通《ふつう》ではありません。

なにせ、炭酸が大好きです。それに、超能力者です。しかも、めちゃくちゃ引きずっています。なにをかはあえて言いませんが。

でも、きっとおもしろくなるんじゃないかな、と思って、書いてみました。

一生懸命《いっしょうけんめい》さが好きです。内緒話《ないしょばなし》が好きです。

ちょっとひねた男の子が好きです。クールな女の子が好きです。強い女の子も好きです。

静かなのも、賑《にぎ》やかなのも好きです。感情的なのが好きです。理屈《りくつ》っぽいのも好きです。

炭酸が好きです。滋賀《しが》県が好きです。京都《きょうと》も好きです。

そんな私の好きを、たくさん詰《つ》め込みました。みなさんも、本作を好きになってくだされば嬉《うれ》しいです。

彼らには今回、またしてもいろいろあって、きっとこれからもいろいろあるでしょう。具体的には、青春とか、恋《こい》とか、悩《なや》みとか。

続きをお届けできるかどうかは、ぶっちゃけ反響次第《はんきょうしだい》ですが、たくさん書けたらいいなと思います。

最後になりましたが、謝辞を。

オシャレでかわいくてカッコいいイラストをいつも描《か》いてくださったNaguさん、本当にありがとうございます。

担当さんからデータを送っていただく度《たび》、感激のあまりしばらく放心しています。私が死ねない理由のひとつになっています。そして、大ファンです。

私を見つけてくださった、担当編集の仲嶋《なかじま》さんと中島《なかじま》さん。感謝してもしきれません。おふたりが熱心に、鋭《するど》く丁寧《ていねい》に指摘《してき》してくださったおかげで、この作品はとてもいいものになったと思っています。なにより、本当に楽しくて勉強になることばかりでした。ありがとうございます。

いつか、「丸深《まろみ》はわしが育てた」と言っていただけるように、これからも精進《しょうじん》します。

また、丸深《まろみ》のマシンガントークとアイデア整理に付き合ってくれた、切れ者の友人N氏。なにかと頼《たよ》りにしています。また遊んでね。ありがとう。

そして最後に、この本をお読みくださった全ての読者の方々。みなさんのおかげで、私は作家というお仕事ができています。ありがとうございます。愛してます。

お時間とお手間をいただいた分、幸せをたくさん返せるように、頑張《がんば》ります。

みなさんとのお付き合いが、これからも長く続きますように。

それでは、またお会いできることを願って。

二〇二二年一月　丸深《まろみ》まろやか

◉丸深まろやか著作リスト

「天使は炭酸しか飲まない」（電撃文庫）

本書に対するご意見、ご感想をお寄せください。

ファンレターあて先
〒 102-8177　東京都千代田区富士見 2-13-3
電撃文庫編集部
「丸深まろやか先生」係
「Nagu先生」係

本書は書き下ろしです。

電撃文庫

天使《てんし》は炭酸《たんさん》しか飲《の》まない

丸深《まろみ》まろやか

2022年1月10日　初版発行

発行者　青柳昌行
発行　株式会社KADOKAWA
〒102-8177　東京都千代田区富士見2-13-3
0570-002-301（ナビダイヤル）
装丁者　荻窪裕司（META＋MANIERA）
印刷　株式会社暁印刷
製本　株式会社暁印刷

●お問い合わせ
https://www.kadokawa.co.jp/（「お問い合わせ」へお進みください）
※内容によっては、お答えできない場合があります。
※サポートは日本国内のみとさせていただきます。
※ Japanese text only

※定価はカバーに表示してあります。

ISBN978-4-04-913946-4　C0193　Printed in Japan

電撃文庫　https://dengekibunko.jp/

電撃文庫創刊に際して

文庫は、我が国にとどまらず、世界の書籍の流れのなかで〝小さな巨人〟としての地位を築いてきた。古今東西の名著を、廉価で手に入りやすい形で提供してきたからこそ、人は文庫を自分の師として、また青春の想い出として、語りついできたのである。

その源を、文化的にはドイツのレクラム文庫に求めるにせよ、規模の上でイギリスのペンギンブックスに求めるにせよ、いま文庫は知識人の層の多様化に従って、ますますその意義を大きくしていると言ってよい。

文庫出版の意味するものは、激動の現代のみならず将来にわたって、大きくなることはあっても、小さくなることはないだろう。

「電撃文庫」は、そのように多様化した対象に応え、歴史に耐えうる作品を収録するのはもちろん、新しい世紀を迎えるにあたって、既成の枠をこえる新鮮で強烈なアイ・オープナーたりたい。

その特異さ故に、この存在は、かつて文庫がはじめて出版世界に登場したときと、同じ戸惑いを読書人に与えるかもしれない。

しかし、〈Changing Times,Changing Publishing〉時代は変わって、出版も変わる。時を重ねるなかで、精神の糧として、心の一隅を占めるものとして、次なる文化の担い手の若者たちに確かな評価を得られると信じて、ここに「電撃文庫」を出版する。

1993年6月10日
角川歴彦